ACRO
POLIS
衛城
出版

ACRO
POLIS
衛城
出版

*Le mystère des Trois Frontières*
*roman suivi de huit nouvelles*

*Éric Faye*

# 三境邊界祕話

## 暨八則短篇

艾力克・菲耶——著
陳太乙——譯

給寶琳娜及尚—克勞德・菲耶

# 目次

# 序

在奈米科技和地球村的時代，古代神話還能告訴我們些什麼？九〇年代，我以阿特雷斯家族（les Atrides）[1]，巴別塔，亞特蘭提斯或德國傳說為中心構思故事，短篇或比短篇長一點的小說；寫筆記時，我念茲在茲的就是這件事。

在歐洲，幾乎到處顯露神話的蹤跡；而歐洲這個名字本身就來自一位進入了希臘神廟的腓尼基公主。無論科技如何日新月異，社會如何轉變，各國神話已開枝散葉，綿延至今。神話中確有令人不安之處，因為，多多少少，它們都正視了所有問題。它們是人類恆常持久的心靈，甚至，是一部「占卜書」，可透視我們的現在並預感未來。我們何必跟樂趣過不去：神話可當作很棒的解讀工具，作家經常喜歡搶來套用。

不過，該從哪方面著手，且無限次數一再運用？在書寫《三境邊界祕話》那段時期，我曾經用天文望遠鏡瞄準那些以古代神明命名的星球，如土星（Saturne，農神），還有木星（Jupiter，朱比特）——它的衛星個個都有一個神話故事的名稱，在此僅舉幾個為例：歐羅巴（Europe），依歐（Io），和卡里斯托（Callisto）……這些星系的元素透過引力「膠性」（glu）互相連結，在我看來，這個特性也可以轉移到文學上。我於是有了個想法：在同一本集子裡，混合互相有關聯，長短不一的故事，讓每一篇互相感染某種神祕的東西——或許就是企業經營者自以為發創的「綜效」（synergie）。在寫《祕話》的前一年，在我的第一本小說集《我是守燈塔的人》（*Je suis le gardien du phare*）裡，我已經採取過同樣的手法……一篇主要的故事衍伸出十幾個小衛星，討論同一個題材。後來，我把這種設定模式繼續運用在《化石光》（*Les Lumières fossiles*），這本小說集的主題是消失。最近一點的小說，探討自我追尋以及「遙不可及的星星」的《化為不朽，然後死去》（*Devenir immortel, et puis mourir*）也採用了這個模式。

《三境邊界祕話》明顯地再度採用同樣的結構，除了將主要的篇章套上小說的型態，固然很短，但仍是小說；且附帶八則短篇小說載入它周圍的軌道。從第一頁起，即見一個男人為憂鬱所苦，逃離他的城市，去到位於一座遼闊森林邊緣的民宿尋求休憩。他後來愛上去森林裡散步。最初，在林間小徑上，他以為找回了寧靜。然而，這座森林裡（想像出的地理位置）其實上演著許多不正常的事件。男人展開調查，拚命地走，在森林裡繞「圈子」，在雪地上處處留下蹤跡，以致精疲力盡，茫然迷失，直到結尾最終的出路。

奇幻色彩照亮了這部小說，有些人因而視森林為敘事者大腦之變形投射，敘事者極力瞭解，試圖藉此治癒自己的不安與恐懼。所以故事中安排那些健行，極為辛苦累人，卻也能提振精神；而陰暗的區域和那座森林之謎，其實正是藏在自我追尋之路上的處處驚奇，邊界則是區隔已知與未知，理智與瘋狂，甚或生命與死亡的界線。最靠近民宿那座小城名叫尼芙海姆（Niflheim）；這個名字源自北歐神話，指的是冰冷的亡魂國度。

這是一種可能的解讀。在此之外，我始終看見森林在某些人生時刻對我們的呼喚。我們或認真回應，或裝聾作啞，但怎可能捕捉不到那一聲聲召喚？我在利穆贊（Limousin）森林附近長大（我人生最初的幾年在一個叫森林新堡〔Châteauneuf-la-Forêt〕的小鎮度過）。那塊區域從最初就出現在我的創作中，從比《三境邊界祕話》早三年的小說《孤獨將軍》（*Le Général Solitude*）開始。在這部小說裡，叢林上方的神祕之火與三境邊界的森林一樣來自於想像。《祕話》中有一個人物闡述著一個觀念：當森林不斷擴張，傳說與人類的幻想也同樣不斷增長。相反的，若森林退縮，推進的則是文明與「理性」。後來，在短篇小說《*Kompétitivnoié*》裡，我讓森林擔任避難所的角色，任那些摒棄城市現有體制，組織反抗行動的人使用（同樣的，在《華氏451度》〔*Fahrenheit 451*〕，那些把世界文學所有指標性作品背得滾瓜爛熟的「書人」也藏身於森林深處）。在形式方面，我當時希望把《三境邊界祕話》寫成一部「開放性」的小說，謎樣的結局或許意味著人不可能認識「自己」，抵達「自己」的極限（或克服自己的恐懼，因為，在我的想法裡，這是一部關於恐懼的小說），而這樣的結局也可以有各種不同的詮釋空間。

至於搭配主題小說的短篇則有一個共同點：重新檢視某些神話的某些

面向。不過每一篇的語氣不同：輕挑可笑的（〈宙斯家的晚餐〉），悲劇的（〈一個動作〉），荒謬的（〈世界末日那一天〉），浪漫的（〈亞特蘭提斯〉），或形而上學的（〈廢除原罪〉）。因為，回到序言最初所闡述的觀念，我覺得，神話反映了生活的每一面，以至於，從神話中，我們可以看見人類的「黑盒子」。

最後再提一點：與這本小說集同名篇章裡的地理想像是漫長健行得出的成果。我不分冬夏，一年四季，在德國的森林裡散策健行，特別是位於一座古老山脈的山脊，從畢勒菲爾德（Bielefeld）延伸到帕德伯恩（Paderborn）之間的條頓堡森林（Teutoburg）。在這些樹林裡，有時，人們或許會以為聽見一段帕西菲爾（Parsifal）或唐懷瑟（Tannhäuser）[2]的旋律從山毛櫸林間傳來。我在此度過了許許多多快樂的日子。當時，我只是把這片森林加以延伸，布置得陰沉黑暗，淨空道路和本已稀少的人煙，然後整座遷移到他方——一個可以想像成位於冷戰時期的東德、西德與捷克交界之他方——，就得出了遼闊的三境邊界。接下來，只要完成書寫就行了。

艾力克・菲耶於二〇一一年十月

1 阿特雷斯（Atrides）是邁錫尼國王，阿特雷斯的父親是波羅奔尼撒半島上的比薩國王，阿特雷斯與其孿生兄弟因殺害同父異母兄弟而被驅逐，兩人跑到邁錫尼尋求庇護，阿特雷斯後取代成為邁錫尼國王，其兒子就是後來特洛伊戰爭中有名的阿格曼儂國王。這個家族的神話充滿著家族悲劇，不是爸爸殺小孩，就是妻子殺丈夫，或兒子殺媽媽，是一個被詛咒的家族。

2 兩者皆為華格納的歌劇。

「我在那麼一座森林裡：太陽照不進來，但夜裡，星光點點穿透。這個地方不准存在，只因被國家情治單位忽略。」

荷內・夏爾

# 三 境邊界祕話

# 第一部

# I

人類的歷史是一部與恐懼作戰的歷史。今天晚上，本著民族學者的精神，迫於不尋常怪事證人之身分，在一切已恢復秩序的現在——如果這個地球與地球過客的心靈曾有秩序可言的話——我必須敘述這些事件。事件起始於我抵達漫遊者民宿那一天。在一個朋友的建議下，我決定去那裡與世隔絕幾個星期。那是好幾年前的事了。在這段敘事中，我會試著用簡單的方式，盡量貼近人們圖語言表達之便而稱為事實的狀況。然而那段時期給我的衝擊太強，我很難維持中立，謹守分寸，即使現在我似乎已走出隧道，或更確切地說，已脫離那螺旋的纏繞。

那時，我正瀕臨憂鬱症爆發邊緣，但還感覺得到自己殘存一點意志力，儘管薄弱，卻也並不願陷入病症的密林深處消沉。那位朋友明白我對寧靜的渴望，於是推薦我三境邊界的森林，因為那裡環境清幽，遠離塵囂，有高大古老的橡樹和山毛櫸樹林。我這一生中，從來未曾如那幾天那樣懷念一個我永遠當不了的人。有些人，跟我一樣，二十歲時帶著明確的自我主張離開都顯示出某種對墜落的特殊癖好。而由穆勒—艾普斯坦家族經營的漫遊者民宿，設施現代化，房間寬敞陰涼，但這些都無關緊要。在我看來，這個地方似乎是一條最佳明路，可阻止將近十五年前就開始的墮落，甚至——但我完全不敢提出這個假設——中斷它，讓我享有一小段隱居插曲。我無法想像比這裡更適合的地方，讓我對抗因安東妮亞幾個月前無故失蹤而產生的悲觀念頭，讓我試著說服自己：在她走了之後，日子還是過得下去；甚且，失蹤者在多年後回來按門鈴的事也偶有所聞。

民宿棲隱於一座小山谷中，遠離大馬路。從一條寬闊的山路可以抵達。在這些事件初始的那天下午，一個六月大熱天，我曾沿著這條路一直走出森林。鄉村裡遍地大麥，毛絨般的田野湧起不規則的麥浪：風開懷地吹，野蠻地掃，宛如一個孩童逆毛撫摸一隻貓。這一波波麥浪撲向林地，止於一排排成列的樹幹。現在，我的記憶經過整理，一切細節皆清楚地想起來了。我剛從一次遠足回來，沖了個澡，聽見我房間下方的民宿露臺上響起人聲。其中一人的聲音明顯蓋過另外兩、三人。為了鎖住一點晨間的涼意，我的雙層氣密窗是關上的，所以聽不清他們說些什麼。偶爾，一大串話中會冒出一兩個字，傳進我耳裡。比方說，**健行**，後來又換成了**恐懼**。不過當時我的心思不在那，在遙遠的他方。幾近憂鬱的狀態將我與周遭所有可能發生的一切隔絕，我對那些話沒再多留意。直到十分鐘以後，坐在露臺的餐桌邊時，我才側耳凝聽，對這些話語著實感興趣。講話最大聲的男子陷入一種非常特殊的激動情緒。

從一開始，他身上就有某種東西引我好奇。他比手畫腳指著池塘後方森林中不知道哪個地點，不斷重複：「既然我都跟你們說了……」這古怪的反覆句每隔一段時間就冒出來，打斷他的敍述，然後一切又重頭開始。在這個寧靜的避暑祕境，如此偏僻的所在，那邊究竟有什麼？不久後，我發現那個男人不但覺得沒人懂他，同時也感到一股強烈的恐懼。他應該有試著壓抑懼怕的情緒，但顯然徒勞無功；而這個地方，這座不起眼的露臺，距離池塘不過兩步之遙，池子裡，小鴨們跟在母鴨後面，排成完美的V字型；虹鱒悠哉悠哉地捕食。

他是什麼人？我點了一杯啤酒，從一名服務生口中得到答案。遮陽傘下，他殷勤地對我彎下腰；而那位仁兄現在孤單獨坐，跟我隔了幾張桌子。他緊緊注視池塘的某一點，或應該說是對面的堤岸，從我這桌看不見。「一位登山客，」服務生解釋。「我們在這附近從來沒見過他，但幾天前他似乎打了電話預約。他是從山徑過來的，走了六天，沒遇到任何活人，或應該說，幾乎沒有。」

「幾乎？」我隨口問了一下。

服務生臉上剛堆起笑容，又瞬間消失。「您自己問他吧！我想他不會客氣，全部都會告訴您。來到這裡之後，他就只忙這件事。」

我待在那裡，不知所措；一口一口地吞著啤酒，一面猜想那位外型如此傑出的人物究竟是中了什麼邪，怎麼會陷入這樣激動的狀態。我的目光投向對岸的山毛櫸林，緩緩瀏覽一株株樹幹。男人是從那裡來的。來自那些樹幹後方。主幹渾圓筆直，柔灰色的樹皮上長著白色斑點的大樹深植在林下層的土壤中，宛如一座大監獄的欄杆。他來自這一切的後方，更遠的後方，其他幾千株被巨人們插入土中的樹樁後方。

西方的天空中出現幾抹捲雲。隨著傍晚將至，如髮雲絲逐漸橘紅，轉為粉紅；這是下雨的徵兆，人們說了好幾次。而溼度計的指針急轉直下，指向**壞天氣**。

## II

隔天早上，那位登山客敍述給我聽的事對任何人都深具啟發性，就連內行聽眾也不例外；而就現況而言，我就是其中之一。一如昨晚的天色所引發的預測，果然下起雨來了，空氣忽然變得清新。在這個區域，大陸型氣候漫長的夏季中，偶爾會出現這樣的涼快天氣。登山客選擇延後出發。當我過去攀談，聊起這場將避暑遊客困在民宿裡的大雨時，他正在餐廳解決一場豐盛的早餐：兩個巴伐利亞小瓷盤中盛著切片的義式肉腸和沙拉米香腸，一杯喝了一半的柳橙汁，一杯已經喝光了的茶，兩個麵包(「圓餐包」，這個地區的人這麼稱呼)用餐刀從中剖開，刀面順便在兩半麵包上各塗了軟滑的奶油。

那位登山客講述給我聽的事，我再說一次，頗能啟發所有民族學者，所有對神話祕教有詳細研究的學者。他所要說的事具有一個功能，喚醒我最近幾個月，憂鬱症尚在醞釀之期即嚴重喪失的，好奇心。昨晚，露臺上，說話聲響那樣成功地激發了我的好奇心；以至於，今天早上，我竟有興致去參與最一般的天氣討論，只為了快速轉移話題：先透過隱喻，後來乾脆直接朝我那死而復生的好奇心的目標發展。常常，在我的職業生涯初期尤其經常，我手裡提著錄音機，處理各種稀奇古怪的動物顯現。在某個區域，一匹狼，或某種類似的野獸，曾大肆屠殺一群家畜，播下恐懼的種子，持續了好幾天。另一個地區，有人相信看見一頭老虎或豹，或美洲豹，或黑豹，其實說不定是一塊踏腳墊，被狂風吹跑；而在更遙遠的地方，還有什麼是人們沒看過的？這類的聽聞見證，我採集了幾十樣。處理這些資料時我無動於衷，更在意的是人心的自覺和這些知覺拼湊出的場景，至於野獸本身，我則任憑牠們狂奔，喘息，上氣不接下氣。大量閱讀幫助我圓滿完成各地的調查，讓我確信，歐洲每一塊大區域——既然這些研究局限於我們這塊大陸——都有一種「專屬的」怪物顯現類型：例如不列顛群島的猛獸，法國的狼群等等；像是集體記憶各出奇招，想藉以永保消失王國的王室徽章。我特別關注狼這個角色，以及牠在我們這個世界最古老的傳說中之反覆顯現：從羅馬的母狼到冰島傳說《埃達》中的斯庫爾和哈提。[1] 但登山客的親身經歷已遠遠超越看見流浪野狼或變身老虎的大山貓！根據他的說詞，他所見證的，簡直比斯庫爾和哈提聯手出擊還恐怖許多……

他開始對我講述的冒險經過仍極其詳細地刻印在我的腦海中。我彷彿還聽見那些句子，一字不漏。一切就從他上路那一天說起，距此時大約一個星期以前，在邊界的另一邊。

「星期二天剛亮我就出發了。」他開始敍述。「如果從一般道路走，登山者大約只需三天就能到這裡；這樣一路穩當地走到太陽下山，我本來可以在星期四就抵達民宿。但是我時間充裕，於是沒這麼做，決定從克雷亨貝格山脈繞一大圈。我評估，這麼走的話，我大概需要一個星期左右的時間來穿越三境邊界森林。」

「前面四天，一切都很順利。天氣穩定晴朗。我睡在各處的狩獵小屋，隔天一大早出發，避開酷熱。第四天，我在奇石群越過山脊線，一個人也沒看見，當晚在魔鬼洞附近過夜。但是，到了第五天，我不得不放慢節奏。我的雙腳腫脹，其中一隻長了兩顆水泡，很痛。那一天，我只走了八到九公里，幾乎沒有進度。到了傍晚，我在一座丘陵的山頂上倒下，周圍是一片森林景觀；下方，幾十公尺深的山腳下，一座池塘映入眼簾。

……我應該是淺淺地睡著了一會兒，當遠處一個樹枝斷裂的聲響把我從睡夢中驚醒時，天色已黑。我昏睡了多久呢？一時之間，我想不起來自己在哪裡，只能睜大疲憊的雙眼，絲毫分辨不出周遭任何特殊景物。在這類森林中，只怕隨時遇上一頭母野豬，後面跟著一群小野豬；因為野豬最愛山下池塘邊那種滿是泥漿的堤岸：那是理想的野豬窟。如果有一頭母野豬在附近徘徊，牠必然毫不猶豫，率直地表現出對我的厭惡，保護牠身後的孩子們……很快的，我發現，並認為，枝枒斷裂的聲音，伴隨著腳步聲，咒罵聲和呼喚聲，皆來自頗遠的地方。我坐起身，然後，老天，我看見了什麼！一串微小的火光在黑暗中緩緩前進……而當他們沿著池塘繞行，水面宛如著火大亮。距離多遠？一百公尺？或許更遠，但其實一點也不。我忍著沒喊他們。在這種時段，他們不可能是登山客。登山客的手電筒光束在夜裡應該會像長長的螢火蟲，而非這些指向天空的紅色光點。我向後退。直覺的，我想到盜獵者，或走私販。畢竟，這裡離邊界不遠。或者是山林巡守員？一支巡邏偵查隊？不可能：根據我最後幾次查詢地形圖所得到的資訊，我在境內，距離邊境十公里遠。那麼，是樵夫嗎？我不發出聲響，決定悄悄跟蹤他們，以求安心。我潛入灌木叢中；就算土塊在我腳下喀啦作響又如何？對他們來說，我只是一頭矮樹叢中的獸。不知道為什麼，我很想讓他們知道我的存在，或確認他們的身分。過了五分鐘之後，我來到那些火光走過的小徑上。拉近細看之下，我辨識出的景象符合心中的懷疑：那是持在手上的火把。他們離我頗遠，但是，若我就這麼站在路中間，恐怕會引起他們注意。我拿起斜揹在身上的望遠鏡，瞄準他們。我的老天！

那是一些巨大的人形，戴上插著翅膀的頭盔，約十五個穿著長罩衫的人形。我呆在原地動彈不得。突然間，彷彿置身一場惡夢似的，一聲喘息，劇烈的，擦掠肺腔底部，從我口中冒了出來，又被陣陣尖叫打斷。在我前方三十公尺左右，他們回頭轉身。經過短暫騷動，其中一人脫隊，朝我直撲而來。那個男人非常高大，唇上的鬍鬚下垂，戴著不知道來自哪個世紀的銅面罩。當他從劍鞘中抽出一把沉重利劍時，我不及思索，揮起登山杖朝他的臉一記猛擊。他踉蹌了一下，劍掉落地上。我一把抓起。其他人奔來，我慌張失措，全速遁入灌木叢中，不敢回頭，就怕看見他們。黑暗保護我。許久許久，我不斷狂奔，認定他們就在我背後，距離只有幾公尺，隨時會有一把斧頭、一把劍或一枝長矛刺穿我的皮肉。

然後，我就什麼也不知道了。我的腳被藤蔓牽絆，也許是某種樹根；我整個人跌倒癱平，來不及抓住任何東西。那等於是跌入了萬丈深淵；致命的一擊即將落在我身上，我將墜入另一個世界；或許我根本踩中了他們設下的某個圈套……

我的額頭撞上一枝碩大樹根，那時，我想必是昏了過去。恢復意識之後，我不敢睜開眼睛。我並未被慈悲賜死。他們必然曾在我旁邊圍成一圈，全部用長矛指著我，監視我身體的動靜。我未曾片刻想像可能再度張開眼睛，重見樹木與天空。還不如死在這一片漆黑之中，再也看不到那張臉；誰知道現在他們該有多少人？我將手指深深插入溼土中，尋求能抓住個什麼。不！不要抓到他們的手！我寧願他們當場把我給殺了，不要碰我，不要把我翻轉過來。我怕他們把我搬運到不知道什麼地方，我只怕被他們碰觸……但是，出乎所有意料之外的，他們決定什麼也不做。他們是否在觀察我？為什麼？我發現驚惶緊張阻礙我進行任何思考；我成了惶恐的玩物。恐懼是一頭蟄伏的豺豹，跟蹤你一輩子。那一天，牠剛捉住我，在撕碎我，咬爛我之前，先嘲弄我一番。牠用腳掌踢我，給我輕度警告：我讓你嘗到的滋味還不算什麼！別逞英雄，等一下你有的是機會！最糟的還沒來，去，做好準備吧！而我呆滯在那裡，簡直整個人緊緊趴在泥地上，漫漫持續了好多分鐘。過了許久之後，我微微睜開一隻眼睛。沒有人貼近在我上方。非常緩慢的，我轉頭，擡起脖子來，不動聲色的。林立的大樹下只有我一人。我坐起身。望不到盡頭的山毛櫸（這幾株是否有四、五十公尺，甚至更高？我鮮少見過如此高大的）俯視我；在那上方，最頂端那層葉叢之上，一片北方的夜空，那種石油般墨藍的六月之夜滴淌流下。細碎的月光透過點點小洞灑落。樹幹在風中顛晃吱嘎，有如一艘老帆船的船桅。由於枝枒擺動十分緩慢，讓人覺得像是有一位樂團指揮，在天上，指揮著一場葬禮運行。就在那個時候，我伸出一手摸索，後來用上雙手，探尋那把劍，並發現逃亡時緊握在手中的劍，已不見。

在我附近，我瞥見一塊岩石，估計有兩公尺高。我靠過去，蜷縮在石頭旁，身邊的大樹周長不下三公尺。在那兒，萬一他們來到這個角落巡視，我有機會不被看見。」

「到頭來，您只近看到一名那些，怎麼形容呢，而且您也沒有證據說……」

「他們追我的時候，人數一定有十五個左右，從呼喊的聲響判斷得出來。我敢發誓！那些嘶吼，我的天啊……我做了好多惡夢……」

我觀察著他，注視他疲累的雙眼，塌垮的臉。登山客流露一股出眾的氣質。不知道為什麼，我明確地感到，他主要的時間都在登山健行中度過。他也一樣，應該擁有從一點前往另一點的奇特熱情；那種我覺得實在非常空洞虛浮但因而十分讚賞的熱情。而且，他跟那些攔路吹牛的傢伙不一樣；那種人，我做研究調查時遇過好幾十個。更何況，他絲毫不為這場歷險自鳴得意。這個男人——如果我們是在盎格魯薩克遜民族的土地上，我就會稱他為這位紳士——因為遭遇懷疑訕笑而深受打擊。我的目光從他身上移開了一會兒，溜出窗外。窗外下著雨，從池塘到山毛櫸林，雨水灰濛了一切，但還不足以全面暈染，抹不去我視線深處那片大森林的起伏，古山脈的隆起。所以，在那遠方，健行約一日的路程，可能殘存著一支十分古老的部族，距今一千五百年甚或兩千年，度過了好幾個世紀，遠離任何接觸，逃過了戰爭，避開了文明……偶然不經意的，混濁的史料之中，剛冒出一顆泡泡，在那遠方，被原始林，海西寧森林中的古老橡樹保存了下來？我的理智拒絕認為此事可信。不！登山客態度真誠。他的恐懼，他的誇大感受皆出自真誠。然而，我排除史蹟重現的假設。我在扶手椅裡換了個較舒適的坐姿，心思離開克雷亨貝格山，準備聽他把故事說下去。恐懼。一種非常飄忽不定，難以捉摸的恐懼，始終在登山客的聲音中流動。如一條流速規律的小溪澗，沒有乾涸的跡象。這個男人在耍什麼把戲？我大腦裡最有條理的部分憤起反抗。什麼？歷史可能像一座沉睡的火山，在克雷亨貝格山脈噴出火山灰？

「那天晚上一整夜，」他繼續說，「我都無法闔眼。聽到一點細碎的響聲我就驚跳起來，高度警戒，右手緊握，幾乎能把東西捏碎般那樣用力，緊緊握住一把刀……我辨識不出任何形體，除了兩、三棵樹高高在上的樹梢。樹梢隨風搖擺，害我如暈船一般反胃。就著第一道曙光，我才看出自己位在哪裡：就在前一天晚上，我疲累癱倒，露天就睡的地方附近。逃亡之時，我到底走了什麼魔神路線？發生了什麼奇蹟，我竟然又回到原來的地方，回到第一次醒來時看見那串火光的山丘上？我腦子裡浮上一個念頭：我瘋了。那一切都只是幻覺。我做了一場夢。那把劍，逃亡時我當做護身符一般緊握在手中的劍，它在哪裡？

我沒做夢。另一半仍懼怕驚嚇的心神即是證明。滿布手臂和腿上的擦傷，還有這些泥巴的痕跡，又是怎麼一回事？難道不是夜裡打鬥和逃亡留下的烙印？那個當下，我必須戰勝恐懼，回到池塘邊，沿原路再走一次；到了那裡，或許能發現什麼線索，找回我的登山杖，以及，誰知道，說不定現場留有血跡。短短一瞬間，我憶起那人的臉。目光如椿刺般把人釘死的雙眼，巨大寬闊的下顎：就著遠處火把的微光，我能辨識出的就是這些。我永遠忘不了那樣一張臉。但是，該如何往山下走幾步，找到那條路徑，根本無從想像。我擡眼張望，在枝枒葉叢間瞥見池塘。一層灰暗的水面延展開來，什麼也沒有，只有自古至今照亮塘面的陽光。」

*

「我持著指南針，」登山客繼續說，「站起身，朝正南前進。走了一百公尺左右，遇見一條山徑，總算鬆了一口氣！但我並不真的那麼放心，差遠了。不過，愈往前走，我感到恐懼涓流逐漸縮減，白晝的色彩愈發清晰。不久之後，太陽升起。我走了又走。漸漸的，我自覺脫離了追蹤者的掌控；但很快的，又有件事情讓我困惑。在這條路上，行走約兩到兩個半小時之後，應該會找到一幢水利森林局的小建物，一幢森林小屋；幾年前，我曾在那裡休憩。行經小屋不久後，應該要橫渡一條大溪。那是森林這個角落唯一的水源，在山脈出口處注入灌溉尼芙海姆的河川。實情卻非如此。我經過了一片有一座松林的荒野。我那條山徑根本沒往下到平原，反而開始爬向不知道哪一面山坡。我真是一頭霧水，但指南針是準的。我剛才經過的幾處參考點——消防守望塔，避難山屋——都沒標記在我的地圖上。還是說，當初出發的時候，我就已經誤走上另一條路，非但沒有朝民宿前進，反而偏往另一個方向，然後，走了一個上午之後，誰知道我到底可能在哪裡?!我停下歇息，熱得喘不過氣，再次被恐懼攻陷。我一定得確知自己在哪裡，就算在陰曹地府也沒關係，這樣才能克服恐慌初期的難受。我在樹林和荒野盡頭停下腳步，這片荒原也一樣，完全沒標示在我的健行地圖上。是那種被全面隔離，萬劫不復的感受所造成的嗎？荒野邊緣的橡木和梣樹看起來好高大，彷彿隨時會倒下來壓在我身上。它們形成的樹蔭無窮無盡。一陣狂風搖盪樹梢。啊！但願我像伊庇魯斯的多多納祭司，能解讀樹葉沙沙聲響的涵義……那是決定性的一分鐘，我身上展開一場巨人間的戰爭：恐懼對決逃離。前者較強，遙遙領先，將我釘在原處；另一方則試圖警示，將我捧在它柔弱的手中，想帶我離開這個僵局。只差一點點，我就會永遠留在現場，變成石頭……到現在我仍不知道自己是怎麼脫離那個地方的。我還記得我跑了起來，向前直奔，邁開大步，嚇得全身是汗。若我當時停下一會兒，恐怕要等一百年之後才會被發現，血肉僵成花崗岩，覆滿苔蘚。因此，我一直跑到無力再跑，直到進入一條碎石路，路旁，不遠處，我瞥見一幢荒廢的森林小屋，門窗緊閉。偶爾應該有巡山員會來歇息。不，我沒做夢。我的確活在人世，一九五〇年的某一天，出生於胡德海姆……我繞了小屋一圈。門口上寫著：『森林小屋，殉難石區四二號』。於是，從前一天傍晚開始到現在，我首度能夠平靜下來。敲門也沒用，沒有人回應。我攤開地圖，確認自己稍微往西偏移了。很奇怪的，把我引到了錯誤路上的指南針，我翻遍口袋和背包，卻再也找不到。大概是逃跑的時候掉了。然而，我在地圖上定位自己的位置：我已離開山脈核心深處，來到森林邊緣。沒錯，偏移；彷彿有一股股氣流貫穿這片汪洋樹海，神不知鬼不覺地改變登山健行者的位置。幾分鐘後，殉難石的景觀呈現在我眼前，而那裡距離民宿應該不超過兩個小時的路程。這一點——我看見您點頭了——您也同意。於是我只要循著步道繼續走就行了。過了半個小時之後，一張木牌標示總算讓我放心：『漫遊者民宿，一小時三十分鐘。』就這樣，親愛的先生，我在昨天下午快六點的時候抵達此處……而且，如您所見，只有一件事讓我迫不及待：願這場雨快停，讓我鑽出這個老鼠洞，這座被詛咒的森林。請您相信，我永遠，永遠不再……」

## III

雨勢好大，如此猛烈，客人們整天都被困在民宿裡。大部分住客聚集在大客廳。我累了，用過午餐後就上樓休息，直到下午過了一半，才下樓。那名登山客一臉擔憂，依然坐在同一張沙發上，這一次，他把椅子轉到面窗的位置。從早上到現在，他到底有沒有動一下？看見我來，他才肯擠出個瞬間即逝的微笑，「為了在這僻靜的鄉下打發時間」，邀我下一盤棋。我答應了；這樣，我就能盡情觀察這個人，這個讓我止不住好奇的人。

儘管棋局防守優異，他其實心不在焉；任何事物，就連他在六點時點的那杯蘇格蘭威士忌也一樣，皆無法拉回他的心神。到了將近晚餐的時刻，他已意興闌珊，上樓回房。假如天候許可，他打算隔天一早就離開。我一個人用餐，在一片餐具碰撞的細響聲中，聽著遠方的雷電交加。下午曾出現短暫的天晴，曬乾了露臺上的地磚；後來，天色就愈來愈沉。最初幾道閃電沿著平原這側的地平線落下，仔細地照亮每一寸土地。

回房之時，登山客對我茫然揮手道別，憂愁地微笑了一下。不知道為什麼，那一瞬間，看著那男人，緩緩的，一階一階地爬上樓，從我抵達此處後就默不作聲的憂鬱病情突然加重。永遠再也不會有一位登山客從森林下山來，對一個嘖嘖稱奇的孩子，如今天的我，詳細敍述：在距此健行一日的山脊上，有一支部族，兩千年來，不分寒暑，在山徑上遊蕩。從事民族學者長途跋涉的生涯以來，工作中聽聞了那麼多浮誇吹噓之事，我最願意相信的就是這一樁。我目送這位登山客上樓；在他的故事裡，我找到古老傳說的痕跡，如布爾格那首敍事詩[2]：為了實現生前一則承諾，一名死者從墳墓爬出幾個小時；我的靈魂掙脫了沉重壓力，在世界上空翱翔。

酷熱變得難以忍受。一個小時之後，輪到我決定上樓就寢。初落下的雨滴跌碎在露臺上。禍患能根除嗎？我跳過睡前閱讀的習慣，直接躺下。我想像著，距此兩到三小時路程的山上，閃電下的殉難石。一個星期以前，當我告訴身邊幾位親友有意到三境邊界森林來住一個月，他們都用最熱烈的說詞推薦我去欣賞那奇特的天然景觀。我曾看過那個景點的一張照片，真心後悔沒去：那黑白照片必然剝奪了實景的魅力。試想，繞過一條山徑的同時，發現一排五、六十公尺，甚至更高的巨石，綿延到一座大池塘水中。很多人估測這起地質現象形成在幾十億年前。有人說，在年曆上某些重要日期，有些小教派聚集在那山上舉行祭典。因此，殉難石（犧牲之石！）衍生出許多謠言傳說。不過，到了我們這個時代，那裡已成著名的地方觀光景點，路邊有一個小攤位，會在七月開店賣涼水。

……我很快就睡著了；因為口渴，在凌晨一點左右醒了過來。起床去洗面檯找水時，我聽見，牆的另一邊，從登山客的房間，傳來微弱的呻吟，夾雜著聽不清的話語。我推測他是在說夢話。一時間，我差點去敲門問他是否還好；不過夢囈停止了。一分鐘過去，兩分鐘過去，我始終附耳在牆上，但什麼也沒聽見。應該這麼說：暴風雨已朝這裡逼近，雷雨交加的轟隆聲妨礙我仔細凝聽。不久之後，睏意再度襲來，我重回奇異的夢境前往海角天涯。

過了半個小時左右，暴風雨嚇得我脊背發涼。那是連串規律的炮擊，是炮兵隊的轟炸演練。我走到窗邊，將不時顫動的窗戶微微開啟。雷電掃過樹梢，在民宿附近來回遊蕩。不知道哪裡來的蒙眼飛刀手，將閃電射在我們周遭，而且愈來愈近。瓦爾哈拉陷入火海[3]……天空中短暫呈現停戰狀態，就在這幾秒鐘，嗚咽囈語再度響起。一種如扎針般刺人的悶響，宛如哀嘆，從隔壁房間傳來。我決定一探究竟，去敲他的房門；但暴風雨不給我時間這麼做。狂風突然灌入房內，力道之大，窗框猛烈撞上了隔牆。我正準備關窗，只聽一聲震耳欲聾的爆炸，我瞬間僵住。這時，長長的尖叫，彷彿永遠沒完沒了似的，從登山客的房間喊出。我衝到走廊上，跑到他門前，擂鼓般急急敲打。其他住宿的客人被剛擊中旅店的暴雷驚醒，後來又聽見登山客的哀嚎，紛紛從房門探出頭來。野獸般的嚎叫愈來愈大聲，後來被快速的喘息取代。連番炮轟持續撼動窗玻璃。我再次敲門；現在，周圍已聚集了好幾個人，但這只更加凸顯風雨的狂暴。房間裡展開一場魔鬼的肉搏戰。走廊上，我們從走廊上聽見物品倒翻摔碎在地上的聲響。民宿老闆剛趕了過來。他扭轉十二號房的門把，但門就是不開。匆促的腳步聲，沙啞的吼叫，聲聲吶喊，字句支離破碎。我們好幾人一起把門敲了又敲，但他似乎什麼也沒聽見。這時，老闆決定破門而入。所有人噤聲，但願能聽見一個得體，令人安心的聲音從混亂中破空而出：「沒什麼，一點也沒什麼。一場惡夢罷了，不是嗎？我們大家都有經驗。就是這場暴風雨嘛！你們知道的。從傍晚開始我就很緊張。然後，這些轟隆巨雷……我的神經有點快崩潰了……請原諒。」然後大家可以各自回房。但是，當民宿老闆和一位住宿客人合力，三兩下把門撞開時，我們非但沒等到道歉，反而聽見更加激烈的叫喊。房內，我為方便稱之為登山客的那人打著赤膊，整個人坐起在床上。我這一輩子，就連一點小事都能令人不敢動彈的童年，也從來沒看過如此嚇人的一張臉。氣色灰濁，甚至慘青的一張臉，跟溺死的人差不多。或許，我發現了他的真面目，我的意思是，深深印著恐懼的真面目；從前天晚上起，從森林那場奇遇開始。在今天這個暴風雨夜的這一刻，任何社會規範都不再有用，他控制不住自己。

他看著我們（但他真的看見了我們嗎？），兩眼凸瞪，扭曲的嘴唇咧出一抹難以形容的苦笑。他發出連串哀嚎，猛然躍起，抓起一把椅子，往旅店老闆的背上砸去；還好老闆在千鈞一髮之時轉過身。一名客人想壓制這個失心瘋患者，但他從口袋裡掏出一把刀，威脅揮舞。我們所有人，大家都後退；但他卻及時堵住我。我差一點沒閃過插進門板的刀，而他又迅速敏捷地補上一拳，把我打昏了過去。

# IV

恐懼比長途騎馬更累人。我醒來時已將近十點。有沒有那麼一天，我總算能瞭解人類？當我沿著走廊，想下樓去找杯咖啡喝時，兩名清潔婦從那中邪傢伙的房間出來。但他是住這一間嗎？難道不是下一間嗎？我有種感覺：在那個詭異的夜裡，我的意思是，在那場風暴之後，我們睡著的那段期間，這裡的設置好像起了變化。不，並沒有，我迅速瞄了一眼：透過敞開的門，我發現她們換上了新床單，房間已煥然一新。不知為什麼，我問她們是否在等新客人入住；她們回答：「晚上應該會有。在這個季節，房間很少空著。」

風向轉變了；遠處，尼芙海姆線的火車汽笛清晰可辨。舊式老火車被氣喘吁吁的車頭拖著，顯示這條鐵路網果然破舊。我們在線路末端，地圖的邊緣。一切都帶有某種邊界的氣氛。一輛火車頭的嘶吼引我湊近走廊窗邊。從那裡可以看到一小部分的森林。沒什麼特別，但這幅景觀的好處是能讓人推測其應有樣貌：綿延幾公里又幾公里的樹幹以征服者的姿態組成這艘無敵艦隊，而其中大批的灌木與蕨類則是它們忠誠的僕役。

樹林宛如伐木工人緊箍在頭上的帽子般覆蓋山頂。我曾在某處讀到，在這個區域內，幾個世紀以來，林相已有所更改。一如肺臟會膨脹，消扁，然後再膨脹；林子的輪廓也經歷演變。在羅馬帝國衰亡時，森林的範圍拉長延伸，直到中古世紀，遭到幾次嚴冬的壓迫而受到局限：人們想拿林中木材取暖，此乃人之本性。從那時候開始，文明超越領先。伐木工人大批湧入，如受雇的殺手。然而，自二十世紀初以來，森林又搶得幾分。我也並不十分瞭解自己究竟依據何種原則如此推論，但在我看來，關於文明的想像隨森林的命運演變：當林地縮減，或許我們做的夢就少了，較少被夢驚醒，恐懼鬆開箝制，傳說漸遭淡忘。低潮期。森林撤退到濃霧深處。但若林地擴張，前來攻掠平原或吞併荒地？某種事物即重新出發。某種類似集體想像的事物，奏起最美妙的音符。詩人不再絕望，再度從口袋裡掏出備忘錄記下靈感。而狼群紛紛離開巢穴，可以看見牠們一隻跟著一隻走在雪地上。

人們這麼說三境邊界的森林：它逃過人類的蹂躪，能保存下來真是奇蹟；否則就是因為林邊居民對它驚人的面積毫不感興趣。森林之所以如此遼闊，歸因於邊界特質和高低起伏的地貌；畢竟墨黑的山頭多半有五百公尺高，在北邊甚至達六百公尺。但三境邊界森林應該確實為深不可測的山毛櫸林存留了原始外衣。更厲害的是，在最近幾個世紀，它成就了擴大領域的奇蹟。

觀察樹木如觀察壁爐爐火一般容易令人沉溺。我一面看著大樹微微擺動，一面回想昨晚的事。登山客瘋病發作的情景。他拿椅子砸在民宿老闆身上後，我們一小群人急忙後退。遭殃的老闆踉蹌了幾步，眉弓流血，傷勢並不嚴重。登山客嚇茫了，從口袋裡掏出一把折疊式小刀，對著我們揮舞。我們連連撤退，但他動作迅速，快如屋外不停擊落的閃電，朝我們撲來。我們共有六人，試圖克制住他。他企圖用刀刺我，但沒有命中；接著極為猛烈地對我揮了一拳。就在那個時候，聽人家說，我失去了意識。

在那段期間，應該是有人去報了警，因為，過了一會兒之後，警察趕到，後面還跟著好幾位醫生。他們到場時，男子已經鎮靜下來，不斷哀聲嘆氣，而我也剛恢復清醒。在那幾秒鐘，我不懂究竟發生了什麼事。

我在哪裡？我是誰？我受傷了嗎？

著魔發狂的男子已按照要求執行該有的動作。就好像，由於一場突變意外，他在死了之後又僥倖活了過來。救護車把他載往附近一家精神病院，現在，他恐怕得在那裡留一段時間，接受觀察。人家告訴我，在那裡，他們——另一個世界的那些人——有一座大公園，一座占地幾公頃又幾公頃的森林，整個林地圈在一面高牆裡，所以……至於警長，很奇怪的，他在夜那麼深的時刻前來，卻僅抄下我們的身分資料，隨即離開。我彷彿還聽見車門關上及救護車出發的聲響。每個人各自關上房門後，寂靜再度籠罩民宿。事情就是這麼奇怪，這寂靜我聽得見。

前往殉難石是我在這裡一定要去的第一趟大健行，此時上路已嫌太晚，我把計畫延到隔日。我的下午在旅店露臺度過，坐在最靠近碧綠池塘的那一桌，帶著一本法蘭茲．卡夫卡的小說集，剛開始讀〈卡爾達鐵路的回憶〉。[4] 我覺得這則短篇彷彿在描述我現在的精神狀態，精準得令人困惑不安：「我從未到過一個如那裡一般荒蕪的地方……在我耳邊嗡嗡作響的孤獨愈大聲，我愈舒服；我並不想抱怨，即使現在也一樣。」但第三頁裡最讓我吃驚的或許是以下這一句，因為與我現在的處境太相似：「此外，我察覺到自己根本不懂得如何忍受絕對的孤獨，即使我承認，才過了一小會兒，我強加給自己的這份孤獨已開始排遣往日的憂愁。」我相信，決定休養生息，這已是一件對我有益的事，但促使我不得不休息的憂鬱症狀之所以緩和下來，另有一個因素：森林。比起燦爛亮光，憂鬱較契合隱密的巢穴。只需走入一棵樹的樹蔭，我的壓力就大幅減輕。而且我覺得，情勢一天比一天明顯：光明，對我而言泉源已乾涸的可見已知世界，皆不能帶來任何療效。然而森林……森林黑暗的巨大腹部，陽光鮮少探索，依然是最後一個孕育偉大夢境的子宮。打造傳說的工坊早已紛紛關門。除了海底深淵之外，森林是最後僅存的幾種之一。這些深不見底的臟腑逃過了地圖繪製師的掌心，能再維持一陣子。這就是為什麼，隔天一大早，我就出發上路。

一開始，爬上殉難石的小徑繞過老磨坊後面的蓄水池，然後沿著一座小山谷前進。經常出現橋道跨過一條名叫威姆貝克的溪流，彷彿為了每隔一段距離就洗去健行者們在山徑上留下的足印。我在上午晨間即已來到看得見殉難石的地方。在那裡，距離大石群約一百公尺之處，我停留了好一會兒。感覺上，那像是一個住在沙岩裡的石化巨人家族：左方的是父親，旁邊是他的妻子，再過去是兩個小孩，以及祖輩老人。我無法想像，這些不知道因何種神祕力量從地上憑空冒出的龐然巨像怎能不如此生動，或者，在遙遠的過去，怎能不曾與某種有機生命體存在某種關聯。很久以前，突然一陣砂石龍捲風，將正在尋找避所的他們困在此地。說不定就在下一秒，他們又會繼續往前走，踏入草地伸伸腿，踩斷路上經過的大樹。拜他們之所賜，我陷入難以自拔的驚愕，在這種狀態下，若真的發生前述的情景我也一點不奇怪。我朝這些巨岩走去，從兩座之間穿過。目前此處一個人也沒有，但現在可是六月末呢！疲乏的夏天剛開始，葉叢下的樹幹搖搖欲墜，彷彿隨時會倒塌。石群後方，山徑筆直，一路到分岔點。一面大告示牌指出：一直到五〇年代初期，這裡有一條次要道路經過，還有一條電車線連到尼芙海姆。我置身於一條荒廢的幹道，以前，這裡曾是工人、矯健的雇員和休假士兵走的道路。路塹邊坡上，每隔一大段距離，一座座里程碑還在，長滿青苔，難以辨識。我真希望這些杉樹樹幹還記得，透過冬季電車結霧的車窗隱約可見的那些面孔；而在湮沒草叢間的山徑上，還能發現殘存的碎石路面，那是雇員與休假士兵時代的遺跡；一時之間，我覺得在這裡，世界末日早已發生過。

愈往分岔路前進，一股莫名的擔憂愈發襲來。到了岔路口，我終於瞭解為什麼。在我左方，我看見了朝東北山徑的前幾十公尺路段。在迷路到森林小屋之後，登山客想必就是從這條路抵達殉難石。成排葉叢下的山徑形成一條廊道，光線經過篩濾，彷彿自古以來一直自行發亮。我想進去，十分樂意，若非礙於一種感覺：跨入那裡就好像越過了一條神祕邊界，任何地圖都沒畫出的界線。我在分岔點停下腳步。朝東北方的山徑緩緩上坡，前幾十公尺路面輪廓方整，讓人想像，這條路應該也一樣，在昔時也曾是一條幹道。路的盡頭出現一個轉折，阻止繼續再往前：一組雲杉部隊，陰沉而巨大，守衛森嚴。我邁進幾步。曾從反方向歷劫而來的登山客，到了這個階段，應該明顯感到放心許多……我發現自己用過去式來回想他的事，彷彿，被送進了精神病院，他等於已有一腳踩進了墳墓似的。

我再度往前邁進幾步。某種事物吸引我走向雲杉林。它們的輪廓，或許，頗令人聯想怪異的騎士。但最吸引我注意的並非那些黑漆漆的剪影。吹過毬果鱗膜的風聲有如美人魚的歌聲一般迷惑著我，我難以自拔。有好幾秒鐘的漫長時間，我出神凝聽這聲聲呼喚。如果什麼也不做，我恐怕會被強壯有力的臂膀抓住，會有一隻手捂住我的嘴，然後我將消失在這片巨大的雲杉林中，從此不見。我後退了幾步。就在這個時候，我聽見背後傳來說話的聲音。幾名登山客朝我的方向走來，一面談天說笑。剎那之間，迫人的箝制鬆綁。我坐下，跟他們打招呼。然後，很快的，既然恢復了力氣，我走上回程的路。

是因為回來的關係嗎？還是因為那種每走一步就卸下了某樣東西的感

覺？一經過殉難石，走入所謂的下坡——事實上，看似平緩的草地海拔高度在不知不覺中降低——，與登山客的談話片段便浮上檯面。有好幾次，在這趟磕磕絆絆的健行途中，本應避開樹根，跨過水窪；但有好幾次，我以為又聽見那個下雨的早晨，那個男人對我敍述細節的聲音。「就在那個時候，我伸出一手摸索，後來用上雙手，探尋那把劍，並發現逃亡時緊握在手中的劍，已不見。」回想起這些話，我猛然轉身。此處只有我一人。殉難石的高聳石群很快地被遠遠拋在身後。我是在初夏強烈明亮的光線下見到這個景點，為迎接避暑的遊客，山徑乾淨清楚；我見到時，憂鬱症病情已開始好轉。但我十分能夠想像，在一年中的其他時節，比方說，冬至或者秋分，這個景點大可能令人產生不安。我轉開頭，繼續我的路。幾天以前，登山客應該就是循這條路抵達民宿。通常——那時正值大下午的——，他應該會遇見上山的避暑遊客，然後，每遇見一次，應該就會深吁一口氣，愈來愈放心。或許他曾想勸他們別再走太遠，而其他人則毫不遮掩地微笑回應：都已經好久了，自從脫離童年之後，對他們來說，森林早就沒什麼好怕的了！

兩個鐘頭之後，當我經過旅店大廳時，工作人員喊住我，遞上一張訊息便條。「有人打電話找您，先生。他要求您盡快回電。」我等不及回房，當場攤開紙張讀取。明天早上？這樣我就得特地繞去城裡一趟。也沒什麼不可以……

整個晚上，我都在研究從接待廳借來的三境邊界森林觀光宣傳摺頁，大廳茶几上隨意散落不少。其中一份如此提及殉難石的歷史：

「一〇九三年，席芬丘的修道院取得殉難石的所有權。一號岩的側面上可看見一件中古世紀雕像藝術的珍寶：一面長寬各五公尺的浮雕，呈現耶穌的遺體從十字架卸下之場景。這面浮雕由席芬丘的僧侶於一一三〇年製成。他們在殉難石的磐石上刻下這面基督教封印，藉此消弭此處異教崇拜地的慣有名聲。後來的幾個世紀，這面雕刻吸引了大批朝聖者。在這幅藝術傑作上，可看見兩名男子抱住基督的身體。一名猶太貴人，尼哥德慕，爬上一株傾斜有型的樹，剛解開耶穌的遺體，小心翼翼地扶住，亞利馬太的約瑟則將祂接過來。在左方，聖母瑪利亞垂頭（今日已損毀）望向兒子，並伸出雙手，充滿慈愛地撫摸兒子的頭……」

接下來則關於較不為人知的時期。根據敘述，克雷亨貝格這座山區，很可能是生命樹的所在地。在德意志的宇宙起源論中，人們想像有一根神聖的支柱代表宇宙主軸。「此外，異教崇拜始終為廣大的森林帶來陰影。從一八一一年起，在高大的二號巨石頂，有一條金屬通道連接其他石群。設置在岩石中的小教堂聳立石頂。教堂旁有一座祭壇，與人同高，半圓拱頂。石壁側邊鑿有一個類似艙窗的洞。夏至那一天，黎明時分，可看見太陽精確地升入這個洞孔的中心位置，柔和的光芒輕撫祭壇。在最初的起源時，這座祭壇是否有瞭望臺的作用，不得而知。不過，十分古遠以前，此處是異教徒舉行儀式的舞臺，而在基督教成為主流之後，異教儀式仍保存了許久。一九三四年，此處曾進行大規模挖掘研究……」

讀著這些佐著模糊黑白照片的摺頁，我陷入一種難以界定清楚的不自在。我遙想一九三四年的探挖，主事下令者是與我信念完全相左的人。身為民族學者，我能瞭解，當代思潮，無論民主不民主，多少仍在各處尋找類似的古老要塞——傳說，儀式，傳統——，伺機潛伏，直到得手。因為，若是不能在一支民族睡眠時引導他們的夢境，就無法掌控他們。

*

隔天早上，放棄穿越田野的柏油馬路，我從林間小徑抵達尼芙海姆。很奇怪的，森林到哪裡為止，城市從哪裡開始，並沒有一個明確的分界點。這兩種群聚生態逐漸互相滲透，擴至核心周圍。而文明則在那中心重振威風。從古時候的君主城堡林園開始，饑渴的森林彷彿伸出一條貪婪的長舌，直逼河邊堤岸。時間還早。走出林園，越過護城河後，我悠哉地仔細檢視這個地方。當初搭火車抵達之時，我只擔憂離群索居看不見人，匆匆忙忙地盲目經過這裡。現在，我慢慢閒逛。我並不趕著去跟警長面談，重溫那個恐怖的夜晚；雖然我自己有一份亟需解渴的好奇：我等不及想知道他會提些什麼樣的問題，特別是，對於登山客所見到的異象，官方當局抱持何種態度。

等了一會兒之後，將近九點之時，那個大半夜跑來逮捕（當時事態嚴重，的確算是一次逮捕行動）被附身的登山客的人接見了我。他感謝我如此準時出席，並要我把對登山客所知道的一切全部說出來。我很快就明白他感興趣的，最感興趣的，是關於異象的種種傳言。他說那是幻覺。「有人告訴我，事發前一天，在民宿，您與那個人曾進行長談。他似乎對您敘述了一場穿越森林的詭異經驗……」

我只能點頭。畢竟，說說這件事或許能助我放空。昨夜，我做了個惡夢，在尖叫聲中驚醒。我在一座設計成環形的森林裡迷途，林徑繞圈打轉，沒有開始也沒有結束。警長專注地聽我描述，而在他身邊，另一名警員則用打字機將我所說的話記錄下來。我盡力轉述登山客告訴我的一切，連最不起眼的細節都不放過。警長偶爾會抓一個細節反問，彷彿要我重述一遍，推翻先前說過的某個字；但我不改口：「對，一把劍，一把長劍。」又或關於曾攻擊他的巨人；轉述直到傍晚，我們棋局暫歇時，登山客才終於告訴我的描述：「幾乎整個頭顱光禿，只剩前面一簇頭髮，還有一把長鬍鬚，就是這樣沒錯。」

「因為這可能非常重要，您懂的！」警長反駁：「……光頭，髮簇，這根本不符合……」

我什麼都不懂，但是我堅持己見。這次談話對警長而言有一種我不知如何定義的重要性。忽然間，我停止敘述，反問他：「請您告訴我，警長先生，我轉述一名遊客的胡言亂語，這些內容到底有什麼地方值得您如此關注，釐清了您哪些疑惑？」

「我以為您懂我的意思。那位先生，可憐他始終還沒恢復清醒，但他本身不是問題。」

「他所說的話，您居然當真？」

「一把劍……我沒想到他們竟然鬼扯到這種地步（警長的臉上露出坦率的笑容）。我大可用走私非法武器的名義把他們關進牢裡！開玩笑的。沒錯，我還欠您一些解釋。幾個月以前，我們收到部會的一份通知，要求我們全力嚴密監控某幾個領域，怎麼說呢，監視，但不可過度干涉他們的伎倆。說的是那些緬懷我國過去的團體，您知道的，這幾年來，已出現死灰復燃的情況。您不再眉頭緊皺，看得出來，您懂我的意思，而且對您來說，一切開始明朗起來。雖然您才到這個區域幾天，但也不是不知道，傳說的迷幻光暈如霧一般籠罩三境邊界森林，而說得廣泛一些，是整座克雷亨貝格山脈。在尼芙海姆，眾所周知，其中有些人一心想永遠延續我們歷史上的某些異象，強調最燦爛的光環。記得嗎？羅馬第八軍團的潰敗，就發生在附近。克雷亨貝格山脈是一道隱形防線，但深不見底的森林不容忽視。羅馬在此被擋下，撤守平原另一側，退到他們的城牆……哈德良決定不再西進擴張。於是，對某些小團體而言，每隔一段時期，尼芙海姆搖身變成前往殉難石的駐紮基地。有些人住在城裡這邊，另一些人則推進到您所住的民宿。傍晚，一趟提神醒腦的遠足之後，回程的路上，您遇見歡樂歌唱的避暑客，其實並非如表面那麼無辜純真。在那座山上，一年中某些特定時節，總有一群思想難以捉摸的人們舉行儀式，隱密的祭典，像普通人參與召魂靈修一樣。而一切本該完美順利（他們對森林不造成任何危害，反而極為敬重維護），若不是他們的行為已超出靈修課程的範圍：靈修課程結束時，大家把酒盃擺回架上，把小圓桌推回角落，所有人去睡覺。但我們這些狡猾的傢伙，他們可不是這麼做。那些異教徒的祭典，對太陽的崇拜（經常看見他們在夏至前一晚前往殉難石），怎麼說呢，只不過是檯面上的民間舞蹈，事情的全貌其實可疑得多。上面之所以要求我們嚴加監控這些人，是因為懷疑他們犯下連串罪行，就是那些媒體每天報導的：外國人住宅遭人縱火，專辦某幾個南方國度的旅行社被放置塑膠炸藥，分發宣揚種族主義的傳單，騷擾露營客，更別說那些遊行陣頭——應該說，那些一閃即逝的顯靈——統一穿著那些我們以為早已解散的激進教派的棕色長袍……

您問我，這和我們那位魂不守舍，出現幻覺的先生有何關係？我等一下會說明。關係或許微不足道，但請您聽好：在這個地區，一次前往該類團體知名人物家中搜查的行動時，發現了關於三境邊界森林及殉難石傳說的大批文獻，宣傳手冊，特別是，一些不尋常的物品（而此事，您立刻就會明白，正與登山客的敍述有關）：一系列長袍與面罩，令人聯想這區古代居民的服飾；而根據異教團體推手本身的供詞，在剛過的六月二十一日，殉難石群的頂峰上，這些東西曾用來舉行祭典。」

「原來如此……登山客瞥見的那一隊人應該剛好要去殉難石或從那裡回來……根據您的評估，大約距離多遠？」

「至少十五公里，如果我沒弄錯池塘的話。」

「但是，有件事完全對不上：日期……」

「我們前往民宿辦案那天是……二十七日到二十八日的半夜。」

「所以，登山客在池塘附近看見他們那天，應該是二十五日。對，是二十五日沒錯。夏至過後四天……他們還留在山上做什麼？還有，被搜查的民宅位於哪裡？」

「就在尼芙海姆。我不知道他們是從那裡取得那一身行頭的……」

「您沒問他們？」

「喬裝並不是罪。每個人都有權利喬裝，可以在他覺得適合的地方這麼做，包括森林深處。誰知道呢？也許是從電影公司弄來的，那裡好像什麼時代的服飾應有盡有。現在，在登山客的敍述中，引人關注的部分是撞見的地點。如果我沒弄錯您的報告重點的話（警長說著，一面在書桌上攤開一張詳細地形圖，山峰隆起，森林濃密），我們的登山客遇見那些暴徒的地點，應該是，我看看：這裡，或那裡。根據他來的方向，已經走了幾天路推測……應該是這座池塘，或者那一座；兩座池塘相隔不遠，而且，方圓幾公里內也沒有其他的。您看，應該就是這裡，您認為呢？天然池塘的分布很稀疏，再遠一點，就沒看見有水塘了。這一座則真的太靠近。」

我點點頭，因為無法清楚表達出腦中翻騰的思緒。我任由警長繼續發表意見，他的話聽起來愈來愈像自言自語。「我願意出高價查出他們在策劃什麼，從那個角落，走兩天路，離邊界相對不遠。」他又說。

「您先前沒問他們？」

「搜查是一個月以前的事，比登山客事件早。那時我無法預料到他們不僅前往殉難石，也在林子深處活動。不過他們的頭子很快就會被請來偵訊。」

「我可以知道偵訊結果嗎？」

「如果您很渴望知道的話。我也注意到了：您對這樁小案件深感興趣。」

「可能與我受民族學教育有關。我經常需要處理一些神祕異象的問題。到目前為止，那其實都是些動物。」

「抱歉我找到的是個合情合理的答案。不過，我想，儘管如此，克雷亨貝克山的傳說和傳聞應該能滿足您部分好奇。既然您都來到尼芙海姆了，應該去見我一位朋友，他是本地區的歷史學者。此外，您剛才講給我聽的內容，他應該會感興趣。他專門收集偶發事件，懸案，並拿來與傳說相比。在某些狀況下，他等於參與了一場傳說『饗宴』：當傳說吸收真實事件而滋養茁壯，當軼事衍生出新的謠言……對，您應該去見見漢斯．齊默曼，齊默曼，我來替您引薦。」

「齊默曼……這名字對我來說並不陌生。」

# V

我可比圖書館老鼠的直覺沒騙我，果然就是那位齊默曼：多年前，我曾讀過他幾部作品，特別是《歷史與傳說》。在好奇心的驅使下，我去拜訪了這位知識淵博的學者。當天下午，他熱情有禮地接待了我，彷彿已經等我很久了似的。我很快就明白，原來警長早就把我來到此地的事通知他，而假如我沒來找他，他也會來找我。他的論點和對那個圈子的瞭解皆有引人之處，對我來說，他就是我所稱的「神話民族學家」，當之無愧。但我並不把這一點看得很重要。或許，一直要到現在，一切皆已平靜，恢復了秩序——假如這座地球和地球上的過客靈魂中果真曾經存在秩序的話——，有了他那天願意對我說明的內容，我才能找到正確的位置，重現拼圖原貌，而且對那些放對位置的圖塊以及逐漸浮現的圖案也不可輕忽大意；因為常見的狀況是：解法可以有好幾種，只能憑思路自由心證，應用眼前可選的方式，當機立斷。我還記得，從尼芙海姆回來之後，我走進森林，靜坐在一座小丘上；從那裡可遠眺領主城堡。我凝望紅磚瓦屋頂與葉叢混雜相間的小城，盡量將齊默曼告訴我的一切記錄在一本小冊子上。內容是：多少世紀以來，在此區的廣大森林中，曾傳出各種不同類型的靈異現象，而國內其他許多林區應該也一樣。此外，驚人巨獸和畸形狼群的顯現與另一類異象已混為一談——而那種異象正是三境邊界的特色——，即蠻族時期的鬼魂，就像蘇格蘭或布列塔尼亞的城堡也有它們的木腿幽靈一樣。「其實非常流行，」他解釋：「每種地區所出產的靈異現象皆反映當地的歷史和幻覺。城堡對應祖先，大海就對應幽靈船，而每段歷史時期都在異象中印上標記。就我們的例子而言，在傳說和顯靈之間有某種對應性。所有傳說，或直接或間接的，都提及所謂的『密徑』，也就是古代部族軍隊在對抗羅馬軍團時的撤退路線，穿越林間空地的迷宮，高山和矮樹林，是一條只有他們知道的路。可能就是因為循著這條路線撤退，他們得以逃過大屠殺或屈服投降。殉難石群，根據某一版神話的說法，是巨人為了阻擋敵軍的步兵大隊所豎立的……當我說顯靈的時候，指的不是出現像羅馬軍團那樣一大批（抱歉剛好玩了個文字遊戲，我不是故意的）。[6]幾個世紀累積出幾次顯靈，最後就會得到神話裡所說的結晶：好幾項元素聚集起來，一點一滴的，以傳說的形態，刻劃在集體記憶中。」在一張地圖上，他用手指出殉難石的位置。至於那條關鍵的密徑，始終模糊不定。「有好幾種假設，也就是說，有好幾條路線。每一條都沒入森林最深處；而在那個時代，林地或許比現在遼闊十倍二十倍。」當時我想把這話翻譯成：這些路徑沒入我們的想像，而在某些時代，我們的想像空間應比現在大上十倍二十倍……就著一塊高踞俯視整座尼芙海姆的岩石充當桌子，寫完這些紀錄後，我在山毛櫸樹蔭下繼續前行，緩緩地，走回民宿。

*

只要是發生在樹林中，要我在記憶中將每件事分隔開來，就變得極為艱難：樹木廢除了人類的時間觀。一層層的葉叢磨滅掉所有參考點。不過，應該是又過了好幾天後吧！一天早晨，警長的越野吉普車停入民宿前院。我被找去接待廳：「昨天，新發展。」警官告訴我：「家裡被我們搜查過的那名組織推手坦承，在二十五日那天，組織裡有好幾個成員曾在我們提到的那些區域活動，探尋一座古老文獻中曾記錄的『青春活泉』。但是他說：『那是白天的事。夜間沒有冒險出巡。』他說的是真話嗎？」

# VI

睡一輩子，以免度日。晚起，為了不讓任何事物成形展開，直到早早就寢的時刻到來；而白晝僅餘的一點時間怠惰不動，躲入幽暗，因為亮光刺人：這就是六月時我在民宿的狀態。為什麼，在如赤道無風帶般平靜的四十壯年，要錯過美好季節的一天，避居一間偏僻的民宿，來這樣一個基本上應該什麼也不會發生的地方？為了尋回對人生的喜好，最好找一家坐落萬丈深崖邊的客棧訂房，而夜夜大雨不停威脅，懸崖隨時有崩塌的危險。

所以，到底為什麼呢？快一年了，安東妮亞失蹤以來已過了快一年。一天晚上，您從研究院回來，家裡一個人也沒有。與您一起生活了快三年的年輕女伴大概是出門買菸去了。您喝了一罐啤酒等她，然後，等她的時候又喝了好幾罐啤酒。愈夜愈危險的晚上，電話死不肯響。您的思緒團團轉，隨著分秒流逝，愈轉愈快：買包菸不需要花三個小時，四個小時，五個小時，更不用六個小時；所以，長夜將盡時，是您拿起了話筒。您找遍所有女性朋友，抱歉這麼晚打來，但安東妮亞……

安東妮亞不見了。無論消防局，醫院，停屍間，和其他各種不祥之地，都不見蹤影。日子一天天過去。這種現象很常見，人們這對您說。

什麼痕跡也不留就失蹤的人，不勝其數。多得不得了。每個人，在這方面，都有故事好說。但安東妮亞。您於是發現，活著，宛如橫渡冰河：踩偏一步，就墜入裂隙。從此以後，您要一個人跨越生命的冰塔。與她的親友討論，試圖瞭解狀況的同時，您逐漸發覺兩人的生活中存在一些黑洞，幾處小小的禁區。或許，與您一起生活的是個陌生人，但又有什麼關係：她都已經不見了。究竟是哪樣的魔鬼把她引到怎樣遭人遺忘的角落了？您不知道，永遠也不會知道。若她是刻意消失，您不斷告訴自己，那這場失蹤就是最強硬也最具說服力的反抗。沒有自殺，卻消滅了自己！自殺圖的是引人注意；消失顯示的卻是一種對世界更嚴重的淡漠。但消失了的那個女人卻纏繞著您，日日夜夜逼問您：我們怎麼會願意生活？我們以前是怎麼生活的……而你們大家，你們要怎麼繼續活下去？最後，她還問您：你們為什麼不消失？她的手指指向全世界。幾個月過去了。有一天，因為公寓裡已沒有任何重要的事物值得您留戀，因為那直指您人生的那隻食指陰魂不散，您也選擇逃離；是那種溫和的，控制好的逃離，因為您謹慎地事先通知了所有人。於是，初夏的某個早晨，您來到一間可喜的民宿，坐落池塘邊，有露臺，高大的山毛櫸林就在附近，是一位同情您狀態的朋友推薦的。

……抵達此處之後，已過了三個月。七月底，到了預計離開的日期，我在最後一分鐘取消退房，退掉計程車，保留了原來的房間：窗子面朝露臺和旁邊的馬栗樹，池塘，以及山毛櫸林。是否為了這森林景觀，一列又一列的樹木愈深愈幽暗，這裡一點那裡一點地灑滿光點，所以我捨不得走？跟等著看我的寫作計畫成形的那些人重新安排了一下後發現，我大可以在這裡，坐在窗邊，寫我的文章和報告。盛暑之中，不會有人在大學走廊上等我。而望著一株株百年大樹，從池塘沿岸延伸到通往殉難石群的山徑兩旁，足以令我再度生出自入小學上課以來就煙消雲散的那種不朽之感。三個月……月曆已換頁，樹梢染上了鏽紅。九月底的這個早晨，我照例做了這陣子以來規律做的事：跟著一名巡山員走。我是在民宿的露臺咖啡座上認識他的；他常在傍晚回家之前到這裡來小歇一會兒。從兩個星期前開始，森林進入了鹿群發情期。尖銳的鹿鳴之聲迴盪，在人類的耳朵裡聽來像一聲聲「U」中夾雜著「I」。我縮在巡山員的身後，走入蕨類叢。他的嘴裡咬著一根長長的金屬管，管口稍微逐漸擴大。「一支鹿鳴號角」，他如此描述那微微彎起的圓管。吹響時，他一手摀在喇叭口上調整，藉以奏出音高：「若想讓公鹿靠過來，必須讓牠以為附近有另一頭公鹿對手，但不要驚嚇牠。（他一面說著，一面折斷幾根小樹枝，模仿獸類接近的感覺。）您看，那邊，那一頭，那頭大公鹿。我必須找出牠『那一級』的鳴聲，否則毫無機會引起牠的反應。」我保持蜷縮的姿勢，不敢作聲。「別動，牠們可能會變得很危險。」巡山員觀察公鹿的角，教我如何鑑定牠的年齡。「十個叉，」他低聲說，「應該快要八歲了。」他停止吹號角，在一本小冊子上寫下一些紀錄。趁著這短暫的靜默期間，我觀察大公鹿鹿角頂端的分叉和主幹，然後看完整的角枝；突然間，恍惚聽見登山客講起那些戴上插著翅膀的頭盔，手執火把的高大男子……公鹿朝蕨類叢走了幾公尺，停下不動。幾秒鐘之後，牠掉頭走開。我們的呼喚已引不起牠的興趣。「我們試著跟蹤牠吧！」巡山員悄聲對我說。「說不定牠可以帶我們找到其他大公鹿。說不定，誰知道，會帶我們找到一大群。」

那是初秋一個早晨的黎明時分。前一晚，我們在布置成巡山員接待所的一座森林小屋過夜，已經離民宿很遠。自暫居克雷亨貝格山區以來，我從來不曾如此深入森林探險。那天早晨的光線十分明亮，我們上空是希臘般的藍天，大部分時候被山毛櫸頂葉幕遮蔽，雙眼難以開懷看個飽暢；但我們知道，這片沒有島嶼的浩瀚汪洋就在頭頂上，滿懷信心地向前行。那一道道涼風從那片深海吹落。那是我在林間度過的第一個秋天的早晨；在此之前，每天中午以前，我總刻意自閉，或去民宿的圖書室，或關在自己的房間裡，拉上厚厚的窗簾。

由於前夜下了雨，我們能輕鬆地追蹤公鹿的足跡。我的山友不時將鹿鳴號角湊到唇邊吹響，發出呼喚；但沒得到任何鹿隻回應。一隻也沒來找我們。我們追蹤的大概是一頭單獨行動的獸，早已逃離鹿群；又或者那群鹿的棲息地很遠，已到國界的另一邊。巡山員什麼也沒說，僅一味地搖頭。就我們接下來的健行行程而言，我覺得這並沒什麼大不了。然而或許就在下一刻，他恐怕就會推測出結果，改變主張。「我們以後再回來」：正當我這麼懷疑時，他就說出了這句話。「再走一點嘛！」每當走在車站大路上，父親想縮短散步路程時，我總這麼求他；而現在，在巡山員身旁，同樣的無助湧上心頭，但我不能對他說再走一點嘛！我們剛來到一座峽谷上，森林在此中斷，直到懸崖下方二十公尺才再繼續：公鹿的足印只到這裡，止於山崗邊緣。我們互望了一眼，俯身探看深淵。那頭鹿跳下去了嗎？我傾聽森林的低語。沒有呻吟喊痛的聲音從懸崖底部傳來。大裂縫中寂靜無聲。在這個地方，土地張開一道巨大的下顎，隨即闔上。「我什麼也沒看見。」山林看守人又說了一次。足跡無誤：公鹿的確奔跑到這裡為止，就在這山脊上。巡山員繞了好大一圈，從一個較緩的坡下去檢視。不久後，他就擡頭朝我望來，目光十分有說服力：

沒有，沒有任何足跡。

我們坐在草地上，在那裡待了一會兒，吃存糧補充體力。日正當中，就在我們前方，陽光從這座山岬開始延伸，照進克雷亨貝格山脈最濃密的樹林中。我攤開了地形圖，一面吃東西，一面指出我們從黎明以來走過的路：「這座高原，這座山崗……」

「我們應該朝北走了有十五公里左右。」巡山員評估。

「錯，」我反駁，「是朝東。因為，假如朝北的話，我們早就到邊界了，您看！」從我的三明治裡掉出些許美乃滋，滴在我們眼前的高原上。我本來想弄乾淨，結果反而把美乃滋抹在樹林的部分。紙上黏了汙漬，我用餐巾擦抹。然後，我的食指猶豫遲疑，宛如尋找水源的占卜棒似的，在地圖上遊走，最後總算停下不動：「這裡！」我說，「這裡應該就是我們所在的高原，稜線和山丘，就是那邊看到的那些。」

「確實如此。」他同意。「我從來沒來過這附近。」

「我們可以在這間森林小屋裡歇一會兒，明早再回來，您覺得怎麼樣？」說著，我伸出手指指一個黑色小方塊；那圖示代表巡山員的避難屋。有種幾乎難以抵擋的壓力逼我朝那一區去。

「您說哪裡？那兒？不，行不通。那裡太遠了。」

「離哪裡太遠？」我試圖堅持己見：「拜託，頂多兩個小時路程。若我們折返回出發點的話，要到天黑才會抵達，而且……」這時，我注意到同伴變了臉；面色如灰，意志已堅，不可動搖。他很快地說：「那間林屋已經關閉不用，再也沒有人到那裡去。我們也可能會迷路，或闖入北方國家的邊界。在那個地方，很快就會被子彈射中。相信我，還是回去比較好。現在立即出發，才能盡早趕到……」

我試著找出那棟小屋隱藏在哪個方位。在遠處，湮沒在簇葉叢下。那些屋子總是依照同一種藍圖建造：上下兩層，石瓦屋頂上有窗戶；我應該說是天窗才對。現在，寫下這段文字的同時，我眼前又清楚地浮現那時的情景：我在地圖上發現，距離這棟森林小屋不遠之處，頂多一公里左右的地方，有兩個長橢圓的藍色色塊：池塘……「登山客！」我驚恐萬分。我猛然起身，全身一陣顫動。山林守衛以為我決定出發，也跟著我站起來。三個月了，將近三個月，我都沒再想起登山客。他過得怎麼樣呢？想必已經復原，找回理智，那起偶發事件也已建檔，他應該迫不及待地離開了這座山區了吧！警方讓那些新納粹坦承曾在樹林深處出沒，但他們確定真的是同一個地方嗎？當時他們有沒有喬裝？警方忘了幾樣東西：火把，另一個世紀的遺跡，抹了藍色顏料的臉，以及只保存一綹長髮的光頭……然後呢？不知過了多久，我手裡拿著地圖，眼睛無法從另外兩隻小眼睛挪開——那兩座池塘——四目相望，不知道哪雙眼睛的凝視比較銳利。

# VII

又過了十天。深秋小陽春的回溫之後，克雷亨貝格山區落下的雨愈來愈冷，接替鹿鳴求偶季的是，濃霧的季節。十月中旬即將到來。民宿空了大半。我大部分的時間都窩在二樓的房間閉門不出，跟毫無進展的文章報告奮鬥。每寫下一個句子，每有一個想法成型，就有一股勝利的感覺強烈襲來，虛幻飄渺，一點也不持久。我草草趕工兩篇文章，寫了幾頁講述非洲經歷的專題著作。但是，我的感覺再清楚不過：在這裡，我深受其他事物影響，所有工作成果都是皮洛士式的硬仗。[5]很快的，我每寫一行就需要滿滿一杯威士忌。好幾年以來，這類燃料——麥卡倫、拉加維林、坎貝爾和各種泰斯卡——所造成的花費遠超出我的思路所能賺取的一切，那些分析、文章和報告蒸餾的速度太緩慢……至少我已經不再試圖追隨巡山員入林逃避：迫於寒雨，他只就近去尼芙海姆周圍繞繞，不再到民宿來歇息。

*

而我也該考慮回家了。訂個日期，堅決不改。不過，在那之前，我希望能將一些事情想個透徹。我希望弄清楚是什麼把我釘在這裡一整個夏天，讓我延長山居時光。是因為我對自己過日子的方式和人生道路僅有的一點關心之所致？是害怕在公寓，在我們曾一起走過的某幾條街上遇見安東妮亞的鬼魂？當幾杯蘇格蘭威士忌下肚，當事實如大水族箱裡的魚群眼中的人類世界一般顯現，我相信我明白了，觸及了真相的某個疑點。亮光並未全面折射回來，但有幾道光線照到我這裡。另有一個理由羈絆我。但誰有辦法把我自認捕捉到的感覺化為文字？那一切與從樹梢滴落，灑在如茵葉叢的淡綠光點一樣，令人眼花撩亂。

1 斯庫爾（Sköll、Skoll），北歐神話中追逐太陽的狼，名字的意思是「嫌忌」。牠的兄弟哈提（Hati）則是追逐月亮，名字的意思是「憎恨」，這對兇狼都想吞噬日月，而當「諸神的黃昏」到來時，牠們就會成功達成目標。埃達（古諾爾斯語：單數：Edda，複數：Eddur），是古冰島有關神話傳說的文學集的統稱，分成《老埃達》和《新埃達》，是中古時期流傳下來的最重要的北歐文學經典。而現今留下的北歐神話故事，其實是揉合了新舊兩部埃達後的故事集。埃達在古代斯堪的那維亞語裡，原指「太祖母」或是「古老傳統」，後來轉化為「神的啟示」或「運用智慧」。

2 布爾格（G.A. Bürger，一七四七—一七九四），德國啟蒙時代狂飆期詩人，以敍事詩（Balladen）聞名。

3 瓦爾哈拉（Valhalla或Walhalla）是北歐神話中的天堂，亦意譯作英靈神殿；掌管戰爭、藝術與死者的主神奧丁命令女武神「瓦爾基麗」將陣亡的英靈戰士帶來此處服侍，享受永恆的幸福。神話中，諸神的黃昏來臨前，瓦爾哈拉成為一片火海。

4〈卡爾達鐵路的回憶〉，德文原名「Erinnerungen an die Kaldabahn」。

5 皮洛士（Pyrrhus）是早期羅馬共和國稱霸義大利半島的最強大的對手之一，在對抗羅馬的一些戰役中儘管獲得勝利，但也付出慘重的代價。

6 原文「legions」是羅馬軍團，又可指大批成群的事物。

# 第二部

# I

十月底，我認真考慮離開。從三天前開始，民宿附近已覆上一層厚厚白雪。早晨，露天座上可發現野生動物的足跡。牠們在夜裡前來，祈求垃圾桶裡掉出大豐收。我無比哀傷，扳著一隻手的指頭數算在這裡剩下的日子。不知道什麼原因，三境邊界森林提高了我的免疫力。離開此處，我將失去保護。但我必須這麼做。十幾天後，我的課即將開始；我需要提前一個星期回去，習慣公寓的生活，完成幾項備課，打出待交的文章。

至於專題論述，拖拖拉拉的，總算有點進展；我既渴望拆散重寫又亟欲交稿給編輯，反反覆覆之下，作品逐漸蛻變。出版社預支給我的部分款項讓我過去幾個月得以生活，我必須證明這些稿費的價值。一天中，我有多少次來回書桌與窗前？雪景讓我心情愉悅，提供一種我難以定義的隱形力量，根由大概源自我遙遠的童年。

平原深處的城裡，屋牆，河岸和樹木想必變得或灰或黑，如此持續幾個月又幾個月。在這裡，大自然布滿細絨，如白鼬的毛皮一般，時時刻刻提醒我：生機自行運作，已進入冬眠狀態。我喜歡想像自己也一樣，還可再冬眠幾天，幾個小時。從很小的時候開始，我就一直酷愛大自然被冰霜凍結的模樣。一直酷愛這段過渡期。在這段了無生氣的時期，河川停止流動，小溪不再潺潺，樹液上升的速度緩慢，我們的蹤跡日復一日地印在雪地上。

是哪一天的早晨？記得沒錯的話，是我出發的前一天，或前兩天。心懷回家的打算，我的注意力分散不集中；而安東妮亞的面孔，也就是不久之後將在街道上，研究所的走廊和公寓走道上再見到的不散陰魂，處處疊印，飄盪在所有東西上。當我茫然數著雪中山毛櫸的黑色樹梢時，池塘對岸的堤道上，靠馬路的那一邊，嘈雜之聲愈來愈響。我很快就聽出那是好幾輛車的引擎轟隆作響。好幾輛警方吉普車從一列樺樹後方出現，旋風般地經過通往民宿的岔路，繼續朝山坡前進，駛向比池塘更遠的地方。總共幾輛車？兩輛？三輛、四輛，一下子就消失，徒留引擎聲在後方回響，汽油味強烈瀰漫。在此之前，我已對著冰天雪地敞開了窗，彷彿期待這場喧鬧還有後續，來記回馬槍；等著隱藏攝影機現形，看這可能招來笑聲的滑稽場景究竟如何結束。難不成，吉普車剛以快得彷彿永遠不再回來的速度衝入的那座森林裡……三個小時之後，同樣的鬧劇又上演一次，不過走的是反方向。那時，我剛下樓去餐廳。在這個季節，由於砂岩壁面及那些睜大眼睛瞪著您，彷彿您即將把牠們再次擊斃的獵物標本，廳內顯得陰森幽暗。服務生上菜前特意繞到窗邊觀察越野吉普車陣亂舞，把餐點送到鄰座夫婦的桌上時，說了這麼幾句：「尼芙海姆的警察……還有一輛海關的車。一定是邊界附近出了什麼事……」不記得是丈夫還是太太問是哪裡的邊界。服務生用一副理所當然的口吻回應：是北方的邊界。

*

直到晚餐時間，從下午經過民宿的巡山員那裡帶來風聲，關於邊界上有人開槍這件事才在客人之間傳開。事實上，從這同一件事傳出了三種謠言，提供大家閒聊的話題。根據第一種說法，有兩支山林巡邏隊互相開火，而這種事端已多年不再發生。第二種傳言則說有人朝一個想逃到北方政權的人開槍。在邊界地方，這還算常見，雖然在克雷亨貝格山區相對少有聽聞。而按照第三種版本，一頭公鹿跳進地雷區，觸動警報，引發無謂的騷動。餐廳裡的鹿頭戰利品聽了這些話，眼中閃過光芒，紛紛豎耳傾聽，有幾隻互相交換了個眼神。我忍不住想起幾個星期前，寒冬尚未來臨，我們曾追蹤了好幾個小時的那頭鹿：宛如被施了魔法一般，牠的足跡忽然中斷。

那時我打定主意要鎖上行李箱，已預訂好火車上的座位，準備後天上午十點，從尼芙海姆車站出發；森林深處忽然傳出一陣揮之不去的音樂，只有我一個人聽見。如同一隻狗，習慣人類無法辨別的超音波段，我提高警覺，被一個來自遠方的信號制約。信號來自一個斷層區，在那裡，一座座守望塔上可見色彩各異的制服。抵達此地以來，北方邊界幾乎從來不在我的考慮之中。除了軍方巡邏隊，沒有人會進入那片斜堤。

坡長兩公里的範圍，未經許可禁止進入。總之，沒有人能活著望見那些高聳的瞭望塔，監視塔，遠眺塔，更遑論地雷區。這條蜿蜒的邊界距離民宿多遠？沒有人說得準，但至少要走上兩天路，且筆直不迷失地朝同一個方向前進：北方。

離開的前一天，我在一份某個旅客留在民宿的晚報上讀到對我們來說還只是風聲的事件經過。那是刊在克雷亨貝格山區地方新聞頁上的一則小方塊，一欄十行文字，濃縮報導如下：「一名來自北方國家的人民試圖逃亡，遭北方邊界衛兵槍擊，身受致命創傷，爬行了幾十公尺。我國一名巡邏員尋血跡及腳印找到此人，但為時已晚。」接著列舉近二十年來在邊界區遭擊斃者名單。闖越事件皆非發生在克雷亨貝格山區——

在此地，這次是一起例外——而是在散布在整條邊界。我反覆讀到好幾次：北方，死亡。「他們還不如列舉這個地區有多少人變成瘋子！」我嚇了一跳，發現服務生剛越過我肩頭讀那格小方塊報導。見我驚嚇，他又繼續說：「進入克雷亨貝格山區，最大的危險不是死在山裡，而是在那裡失去理智。」我請他再說清楚一點。「大家（我指的是熟悉當地的獵人、巡山員、監控狩獵的警衛、盜獵者等等）會告訴您這裡有些區域不適合冒險。有人出來之後驚嚇過度，彷彿中邪。傳言不是聽著好玩的。我認為我有義務警告民宿客人，包括您在內，何況您似乎明顯對冒險有某種偏好……」

「有些區域是指……」

「我沒辦法拿著地圖把去了會有危險的地方都塗成灰色。不同時期，不同的人，說法不一樣。」

「那變成瘋子這件事……」

「對，很詭異。我說瘋子，其實不是那個意思。這麼說好了：那些人都沒能健全無損地回來。」

「？」

「暑假中，那個登山客出事的時候，您也在場，不是嗎……另外我還記得有一個盜獵者，有一次從森林回來後，突然開始倒退走路，持續好多好多天，嘴裡一面說些顛三倒四的話。或者還有一個人，長途健行回來之後，忽然發現自己發不出『O』這個音。那次也持續了好幾天。還有那名狩獵警衛，在一個冬天的晚上回到家，當著妻子的面打包行李，堅持說要帶生病的父親去吉羅納，那可是在西班牙。失魂狀態其實也沒多久，但當詛咒解除，那些人還是怪怪的，精神衰弱，我也不知道能再說得多清楚。請您避免到比殉難石更遠的地方去冒險……」

聽他說到這裡，我忍不住笑了出來。他一下子就發現，皺起眉頭：「您不相信我，當然……這就好比是，在這個地方，森林是我們的黑暗記憶，我們陰暗的那個部分。」說完後，服務生就閉上了嘴，收拾我的餐桌。

我沒多耽擱，隨即上樓就寢，度過我在漫遊者森林旅店的最後一晚。

*

相信您自己。您的確在隔天離開了，但搭上的是遲了兩班的火車。那不是計程車司機的錯，在積雪的路上，他的駕駛技術傑出，靈活閃避結冰區塊。也不是您的錯，車抵達民宿接您時，您也準時等著。然而，到了車站前面，當他從後車廂拉出您的兩個行李箱，而您正準備付款時，一隻手搭上了您的肩，同時有個熟悉的聲音響起，但您沒辦法喊出那人名字。那人向您打招呼，並對您說：「您還在這裡？早知道的話……」您回頭轉身。或許當初不那麼做，逕自提起行李，直直朝月臺走去會比較好。

但您回了頭轉了身。那個聲音引發您的好奇，把您帶回初夏剛展開的季節。「警長！是的，我多留了幾個星期，後來又延長到現在。而今天……」

一個小時之後，您沒坐進備有暖氣的舒適車廂，等候車站站長鳴笛出發，想著準備翻閱的那本雜誌；反而跟隨一名警長走進尼芙海姆的停屍間。您跟他去那裡，是因為您問了他說「早知道的話……」的原因，而他回答得很尷尬。因為，警長那天陰陽怪氣，回答您的時候支吾不清，並沒有真的給出答案。因為，他邀您去車站的快餐店喝杯咖啡，而您也還有時間。坐在您面前的男人開始解釋，給的理由愈多，愈深入無底泥沼。由於他努力地兜圈子鬼打牆，而您也看了錶，心開始想著：「我該去月臺搭車了」；他問您有沒有聽到邊界槍響的風聲。為了把他拉出泥沼，您回答：「有。」而一切取決於他接下來對您說的那幾句話：「報章說的不是真相。或者應該說，我們沒把真相告訴媒體。那幾聲槍響與我們夏天那位登山客有部分相關。」

於是您忘了有班火車正在進站，車上有您預訂的座位。您的談話對象覺得自己或許說太多了，態度又變得含糊隱晦。但您再也無法就此滿足。他評估了一下您這個人，重拾先前介紹歷史學家給您時的信任。他知道您是民族學者，或許認為需要您來釐清一些事情，但這是為什麼呢？您跟著他走；而當您的快速列車關上門，奔向平原時，您進入了另一個世界的通關密室。因為，自從聽到最後那句那幾聲槍響與我們夏天那位登山客有部分相關，您就等著看見男人沒有生命的軀體。他，在一個您的憂鬱症還相當嚴重的午後，從克雷亨貝格山上抵達民宿，內心備受恐懼啃噬。然而後來您修正了這個想法，並且明白：警長不會為了讓您看一個瘋子的屍體而害您錯過一班火車。所以，在此冰冷的應該是另一個人，登山客瞥見手中持劍的那個人！有種什麼讓您滯步猶疑，然而，一隻冰冷的手已推您向前。警長警告您：您將大為震驚。

有人領你們走，帶領您和他兩人，走入一條長廊底端；一名身穿白袍的男子打開一扇門。步伐愈來愈沉重，呼吸愈來愈急促。警長回頭看您，估算您的年紀：「您見過死人嗎？」

「基本上都是在非洲。」這時，您很想對他說個小故事：一天晚上，在一個鬧饑荒的小國家，您在荊棘叢林中遇見一名懷中抱著孩童的婦女。您向她打招呼，上前問路。她為您指出村落的方向。繼續路途之前，您摸了摸她睡著的孩子。您對她說：「應該幫他多穿一點，他很冷。」

「他死了。」她這麼回答。

但警長沒給您時間說故事。在您沉浸於那段回憶時，白袍男子已把門打開，您走了進去。您站在一個那種用來擺放屍體的擔架前方。白袍男子緩緩地揭開覆蓋一具屍體全身的布單，您整個人冒出冷汗，因為那既不是登山客也不是鬍鬚下垂的戰士。您轉身望向警長，幾乎狂喊：這是怎麼一回事？藉此在白瓷磚牆間製造一點生氣。但警長彷彿被吸了魂似地凝視露出的那張臉，那副軀體，還穿著衣服的軀體，只說：「衣服還留著，以便幾位享有特權的見證人，現在，包括您在內，能看到實際狀況……」沉默了一會兒之後，他低聲把話說完：「……並證明我們沒有失去理智。」

# II

兩個小時之後，我告別警長，仍不知道是誰試圖讓誰冷靜。現在，火車奔馳，每一次鳴笛都代表克雷亨貝格又遠離了一些；現在，我已恢復平時的神情，卻還聽見自己一看見停屍間職員揭開的屍體時吶喊的聲音：這是怎麼一回事？直到那時候，我從未見過死去的女人。現在，這個經驗已經補上。

「我們保留了找到她時的衣著。」警長悄聲說。「現在，您明白我為什麼希望您來看看她……您看，這些金飾，這個髮型。」

我沒再去聽他說什麼。一看到這尊異像，我就進入了一種森寒的斂氣凝神，面對這位來自另一個時代的美人，顫抖不已。她身形高大，面容細緻，一身珠寶似乎為走向死亡而穿戴。她的雙腿修長，以一條遮布覆蓋；她的皮膚蒼白，蒼白得在發現地點的白雪中幾乎難以察覺。我一見到她就想觸摸她，於是靠上前去。在她胸部上方接近鎖骨之處，血漬已乾。警長針對這一點加以說明：「她身中兩槍，但沒有馬上死去。一支邊界巡邏隊跟著她的腳印和血跡走了好幾十公尺才在一片矮樹叢後方找到她。那時距離開槍已過了十分鐘。她本來應該是想穿過地雷區，朝邊界另一側走，結果被一陣掃射擊中，奔逃了一段路之後，最後爬行了幾公尺。警衛們追趕上來時，她還活著。她只說了一個字，但說了好幾次：Paälika。發音清楚，目光茫然。我們與另一方的邊界守衛接洽。他們證實這個女人來自我們這邊。有個情況很特殊……她走得緩慢從容。其中一名守衛相信曾聽到她在霧中哼唱。他們接到命令，警告三次之後開槍。」

Paälika？我伸出手指，輕撫她衣物粗糙的布料，突然想起那個在阿爾卑斯山冰河中被保存了幾千年的史前人類。去年夏天，冰雪融化，露出那個木乃伊，完好無缺，還帶著箭套和一把弓。不過，躺在我面前的女人穿著打扮像個公主，三天前還活得好好的。她曾對其他人說話，臨死之前還說了一個字，像大國民凱恩唇角喃喃的「玫瑰花蕾」一樣神祕。

Paälika。不知道是怎樣的地質構造運動，在克雷亨貝格山脈翻出了一塊非常古老的地層，或許距今已有兩千年，森林完璧如初，百年神木成群。只要測量樹幹圓周，切下一片，數數有幾圈年輪，可能會追溯到非常久遠以前。但在我面前的這具軀體顯示出另一個真相：山脈也把當地的原始民族保存至今。我轉身望向警長，看出他的面色也變得多麼蒼白。「關於這件事，我必須請您保持最深的沉默。」他稍微提高音量對我說。我的目光再也離不開死者的臉。我該用雙手撫摸的是她，而非她的衣服。閉上眼撫摸她的臉，以盲人讀點字的方式讀取她的美。指尖滑過那凍結的和諧；那是死神，如相機快門一般，在眾多表情中選擇凝止的那一張。觸摸那塊奇特的冰：曾經會臉紅會流汗會轉為蒼白。

「這是巫術。」警官喃喃重複：「一定是巫術，要不然我真的一點也不懂。而這個區域並沒有報警失蹤案件，無論是那些在夏至變裝的懷舊教派或其他圈子，都沒有。那麼，她穿這樣的服飾，在這麼冷的天氣，在遠離一切人居的森林深處做什麼？我再重複一次：鄰國的邊界警衛提出的是正式說法。她朝他們的方向走去。他們的監視攝影機拍下了畫面，也確實對我們證明了他們沒說謊。」

「Paälika，是這樣沒錯嗎？這個字，她說了幾次？」

「三次，然後斷氣。」

此時，火車已將如小黑點般的灌木叢和小樹林遠遠拋在後面，駛入寬闊的原野，犁出一條長溝；您思索著這幾個音節的含意。當一個人來到生命盡頭，知道自己只能再說幾個字，甚至一個字時，可能會說什麼？他能找到什麼樣的捷徑來表達自己還眷戀著世界？玫瑰花蕾？Paälika？由於過了幾個月的山居森林生活之後，田野景色顯得無聊透頂；由於那個字在您腦中咚咚作響，您無處可逃；走出停屍間時，警長對您所說的話又跳了出來：「這必須保密，您懂的。這起事件必須封鎖，這是上級的命令。為了我們這個區域的安寧，為了幽魂的安寧，理所當然。這件事的影響是什麼沒人知道。克雷亨貝格山區的謠言和傳說已經夠多了，沒必要再增添。」回想著這段談話時，您的腦海中猛然浮現安東妮亞的臉，但並不完全是您想像中的模樣。而從她身上，您轉而聯想到女性死者。她的臉就像是幾千年後的幾秒鐘時間裡，重現女王臨終面容的那些木乃伊一樣。無論在哪個時代，雕像也無法做出更好的呈現。思考著那些木乃伊，您費了好大的勁才承認：那位女性並非從時光的井底冒出，三天前，她還活得好好的，走在森林深處；而您越過向日葵殘莖刺穿薄雪的原野，遠離那座森林。耕地田畦在雪地上劃出條紋。警長的話語繼續：「想像一下，萬一消息洩漏出去會怎樣！一定會被聳動報導……記者群將湧入克雷亨貝格山區，隨便遇見一個能上報就喜孜孜的盜獵者，就聽信他的說法。上百個速寫畫師動員起來，要人相信巫術魔法或我不知道的什麼東西，而所有一切的事實就只是：我們找到一個穿戴得像二十個世紀以前的女性屍體，不是嗎？」他對您重複叨念，不知期待您對他伸出什麼援手，而您始終不給他。「很快的，那個女人將成為一項祕教崇拜的對象，一個明星，當然會有很多照片流傳，她將悄悄地在停屍間的床上永垂不朽，沒有人會錯過她的美貌，為什麼她不長得醜一點，老天！社會將占奪她的形象，全世界的魔幻想像都將像水母一般朝她匯流集中。雜誌將刊登她的臉，下這樣的標題：『她來自何方？最後那個字究竟想說什麼？』而我們也不會錯過邊界警衛的證詞：他們是怎麼發現她的，足跡混著血跡。開槍地點監哨站的特寫。各種目擊證人從冬眠走出，現身說法，談論他們與古老民族的人類相遇的經驗。甚至可能有些人還看過他們的村落，隱藏在樹籬後方，搭蓋幾座木造塔樓，那是他們的首都，深藏於現代世界中的一處潰瘍蝕洞。掃蕩行動將於焉展開。直升機，還有成千上百的好奇人士將帶著望遠鏡前來，在克雷亨貝格山區進行地毯式搜尋，掀開每一片枯葉查看。他們將占領三境邊界森林，圍獵過程的所有細節都將被拍攝下來。民眾老百姓每天晚上都有連續劇可看，追蹤最新事態，欣賞馬戲團的雜耍。警犬，紅外線攝影機。一切毫不保留。我們的世界再也容不下一絲神祕。看看偵探小說驚人的暢銷現象，還有我們這一行所得到的尊崇。我們這票人，我們這些條子，都成了時代的英雄，社會的淨化者。我們逼那把神祕的劍出鞘，擊垮它，而且這場仗打得群眾緊張萬分；因為，為了崇高理由，為了安定人心，為了有一天能說：人犯在此，謎題已解，心靈開始受到洗滌。就我們這件案子而言，萬一走漏了風聲，人們立刻會將責備的矛頭指向我們。什麼？你們本來想隱瞞一樁神祕事件？而沒有放火燒掉這座森林，將每一棵樹連根拔起，以懲罰密林不願贖罪？你們本來竟然想延續鬼影，滋養傳說？對，整座森林都該犧牲獻祭，獻給機器和類機器人的世界；因為在某個特定時刻，森林可能偷渡無法解釋之事。而在今日，無法解釋之事的命運與狂熱派和淨化派一樣。你們有沒有看過機器瘋狂異常運轉？狀況一出來，立即就會有專家拆解它，修好它，讓它重新運作，並說明原委。要是做不到，機器終究會壞掉，而且瞬間就壞。」

警長順路送您到車站，在出發月臺的告示前跟您告別，私下跟您說：「能稍微講講這些事，我覺得舒坦多了，但是，千萬要守口如瓶！」於是您說：「傳說的種子應該就是這樣開枝散葉的。如果盲眼老詩人還在世，想必能向我們證實這一點……」搭上火車之後，您焦慮地憶起昔日與安東妮亞共度的時光。再一次，彷彿為她在臉上戴一副矯正面具似的，閃電般的瞬間，你喚為Paälika的年輕女死者的容貌遮住了她的長相。然後安東妮亞的臉又恢復原貌。

但日子一天天過去，兩張臉之間不斷交互影響。宛如宣傳部門的洗腦，我的夢境裡咄咄逼人地放送一張合成臉孔，兩個女人的混合體，如何也無法解脫。或許這就是最難忍受的部分，身陷這近似惡夢卻不是惡夢的情境：因為若是惡夢，大可在尖聲驚叫中逃離。然而，沒有任何東西能助我離開不安的迷夢，沒有任何逃生出口。醒來後，我覺得彷彿連續夢了好幾個鐘頭，起床時又強烈地昏昏欲睡。有時，我掀開被單，眼前浮現安東妮亞的臉取代另一個女人躺在尼芙海姆的停屍間。

已經好幾天了，我試著在我們一起住了三年的公寓生活。我無法想像如何回我們以前那張床上去睡，於是寧願躺進一張蒙古騎士的背才受得了的長沙發。每天早晨，我坐起來時，前方相框中的安東妮亞對著我微笑。我深深地凝望她的長相線條，直到確信自己已將另一個女人的臉完全抹滅。然而，當天晚上一到，從某扇我忘了關上的小窗，Paälika又用她木乃伊的雙眼瞪著我看。

已經好幾天了，我試著重新在公寓，附近的街道，商店和安東妮亞也開班授課的研究所裡生活。所到的每一處，恍恍惚惚，茫然麻木的，我總迎面撞上一對無憂無慮的年輕情侶：那是我們，如同兩、三年前，四月或十月的某一天。我說抱歉，閃避躲開，但持續漫漫幾分鐘，始終無法再邁步踏入現實。這座城市滿布夾腳陷阱；為了脫困，我精疲力盡，所有能量被掏空。森林，那幾萬株山毛櫸，宛如幾世紀以前從天而降的戟，是我的力量與最後一道防衛陣線；直到我離開以前，它們一直保護著我。那些夜裡，當我早早在民宿房間就寢時，我知道方圓幾公里皆屬林下層，有張牙舞爪的蕨類，岩石間的縫隙上被青苔覆蓋，知道人們與我之間隔著一道斜堤，於是感到安心。我能把自己交給睡眠而不需害怕，彷彿進入冬眠一般，確定醒來之時，陽光與溫暖必然重現。在這一切都可能襲擊我的地方，我想念那條安全索。收音機，電話，世界時事，每天都往我虛弱的大腦裡強灌字句。

我不再去數沒有安東妮亞的日子已過了幾個月。從來沒人有過她一絲音訊。醫院，警局，停屍間，什麼都沒有。時間過得愈久，我的疑問愈多：為什麼我們，所有人，不也都一個接著一個，不動聲色地消失？為什麼我們，所有人，不也去捕捉潛逃的呼喚？一天又一天，自從從克雷亨貝格山區回來後，我愈發思念被我取名為Paälika的那個女人，而安東妮亞則逐漸遠去。每過一天，安東妮亞就消失得更徹底一點。偶爾，我甚至驚訝自己對電話鈴響充耳不聞。驚訝自己不再早晚注視相框裡她的照片。某些日子，我驚訝自己不再打電話給她父母。他們會怎麼看我？感情，感情也有期限，過期了就……

在深層的憂鬱症和頑強的冷漠驅使下，我講原先預訂要講的課，然後回家為人家等著我交出的文章進行最後修改，其實該說最後的幾次潤飾，手心微溼，笨拙，說穿了就是心不在焉。漠不關心，我是這麼認為。當電話鈴響，我接起話筒後，常常需要好一會兒才醒悟：不是安東妮亞打來的；但本來也有可能是她呀！倘若如我以為的，她還活在這個世界上，說不定她曾試著打了好幾個月的電話，而那時我正避居克雷亨貝格山區，然後她自行想像，以為我也是，我也決定消失、無所謂。每個人對別人來說都是失蹤者。

我那些惡夢仍持續，不得歇息，但對於安東妮亞的臉轉化成 Paälika 的臉，我已不再費力抗拒。常常，當我飽受煩心折磨——這樣的情形愈來愈常出現——我會喃喃復誦這個名字的三個音節。昨天，在一堂講座上，我對他們講述西非，重提幾則人類學者的軼事，一面思考著這幾個音節究竟是什麼意思。那個女人是否想讓名字流傳，藉此續存人間？過度胡思亂想之後，我終究排除了這個假設。她為什麼要用最後一口氣說出自己的姓或名？除非是為了警示族人，通知他們某個叫Paälika的女子落得如此命運。兩種假設交疊，像過熱的電子團團旋轉。那位女性死者會有多大年紀？三十歲，警長肯定地指出。不到三十，我提出反駁。稍微小一點。或許由於她長得像失蹤前一天剛過二十七歲生日的安東妮亞，使我覺得那張雙眼緊閉的面孔看起來比較年輕。

到底為什麼要把這幾個音節視為一個姓氏，暱稱，名字？有好幾次，我忍不住想打電話給尼芙海姆的警長，與他分享我的推論。昨天，我終於跨出那一步。我用不太確定的語氣找警長電話。一個陌生的聲音回應說他已經調任別處。我一時語塞，道歉掛線。調職。我離開那一天，他為什麼一個字也沒提？現在我成了孤單一人。幾個月前還握在手中的牌把我困在戲局裡。我緊抓森林不放，把它當成一床大被單，躲在下面不想清醒。而我只得不斷回頭思索那個謎樣的字。為什麼總把Paälika想成一個名字？說不定，在死者的族語中，那是一個普通的字，一種咒罵，一聲呼喚：幫幫我！救救我！Paälika！各種假設混在一起，或相加倍增或互相抵銷。我反覆念著這個字，想像它常被使用，想像它是一個所愛的女人的名字，或一個所愛的男人，一座生氣蓬勃的小島，或一個被某部族說過幾千幾百萬次的常用字眼，又或者是一則求救信號。

警長被調職的事對我是一記當頭棒喝。他被調到哪裡去了？我不敢問。問了又有什麼用呢？一名重要的證人消失了。不需更多提示，我脆弱的心神已然看見：行政指令剖下這一刀的背後藏著一樁陰謀，用意在防堵不知什麼東西。這起事件是否已發展到了我不及注意的程度？想必是他早在幾個月前就申請調職了，為了個人方便，家庭因素，如此而已。冷靜一點……於是我回頭思考那聲求救呼喚，那聲哀求。我腦中浮現一種新的翻譯可能：「饒了我！」她是不是以為那些追趕上來，俯身對著她的邊界警察是殺她的兇手？這個憑空冒出來的女人根本沒有邊界的概念，又如何能分辨我方和另一方的衛兵？她怎會不求他們讓她解脫或手下留情？一而再再而三地重複那個字，但求此字深深刻進他們的記憶裡……她擠出最後一絲力氣，用來清楚地發出那三個音節。

另外又有一種想法湧入腦海，氣勢簡直得以確定為真。Paälika是另一個人，是那年輕女子想示警的人。通知Paälika，我的母親，我的父親，我的兄弟或我的愛人，我的Paälika。今晚，我一根又一根地點菸，看著切掉聲音的電視畫面流瀉，不斷聽見那聲命令。通知Paälika。因為，我即將在幾秒鐘內死去，而此時此刻，那是全世界最重要的事。我不想消失第二次。當我沉浸在大量影像中時，在那山上，森林深處，一個名叫Paälika的人……可能嗎？除非，再一次的，在她的族語中，這個或許是她最後必須說的字，代表的是全人類，社會。通知全人類。於是，我腦中警報大作；那來自遠方的警報聲愈來愈響，宛如地震最烈之時，您腳下的低沉地鳴。人的一生中，很難得，非常難得聽見這樣一種警報信號。接收到的人別無選擇，只能起身，上路，加快速度，以免太遲；因為，人生如此短暫，能聽見這種召喚是一種福氣。

## III

也就是說，我思念三境邊界森林。思念那裡潮溼的夜晚，沉悶的空氣，暴風雨後，樹葉浸泡在溫暖的水塘裡。思念山毛櫸樹蔭，屋頂上的毬果以及積雪，黃昏視線不明時出現在矮林深處的神祕形影，近看則恍然大悟原來是被雷劈斷的樹幹，粗肥的根部或像人臉的岩石，白蟻巢，螞蟻窩。我思念，傍晚時分，看山峰綿延如休憩的駱駝，鋸齒狀的地平線。逃離城市，遠遠逃離……

那段離群索居的日子逐漸離我而去，憂鬱吸引我一步步走向流沙。溜走！我必須再次開溜，拋下醜陋的人際關係，到森林裡尋找解藥。我的心靈渡越漫漫永夜。我生活在公寓堡壘中，出門只為匆匆上幾堂課。大部分的時間，我患失語症，晚上打開電視，調降到只剩背景音量，以確定地球仍為它的目標忙碌：朝厄運的方向自轉，噴出岩漿，噴發颱風。大規模策劃的恐怖攻擊，刪減預算，不合乎社會期待的專案弄得民不聊生。無論何處，恐懼，如波濤般湧來。與其朝火星發射探測器研究那裡是否有生命，人類倒不如探測地球，確認此處是否還有詩的蹤跡。我想像探測工程的運作：遙控機械臂採樣岩石，地衣，人類，城市，高速公路和戰車，飛彈發射臺和股市行情，分析，觀察，神情沮喪。一大早，正中午，晚上。分析人類還敢呼吸著的大氣。為了確保詩歌這生命中之生命安然存活，哪些微妙的元素絕對不可或缺？

每夜，在我的夢境中，有一名面貌模糊的女子晃蕩，是被 Paälika 上身的安東妮亞，穿著死者服飾的安東妮亞，在公寓門口按門鈴。逃走。太陽一升起，我必須拿出超人的毅力換衣服，刷殘牙，完成可憎的排泄需求。啊！馬桶沖水沖掉這一切……然而，當鬧鐘如機關槍掃射我的睡眠，同樣的命令驅使我起身坐直。而接下來，這項指令始終沒有後續，我不知如何描述那油然而生的罪惡感。是誰在我心中吶喊 Paälika？

危機重重的，耶誕季近了。說不出什麼真正的理由，我堅持一個老習慣：每天早上伸手探入那個無人青睞的信箱。有時，從信封的大小，我知道自己摸到一張帳單。我良知深處的最後一座堡壘仍堅信安東妮亞會透過來信現身，至少會有某個熟人背叛她，寫信對我這麼說：「她在我家。」當然不可能，我真是個傻瓜。

十二月中旬的某天早晨，我的手指探觸到一個長方形，既不是帳單也不是信件，表面光滑，是一張明信片。我睜大眼睛：「漫遊者民宿，三境邊界。」中央的紅色寬條上，白色字母寫著。四角上各有一幅風景照。左上方是民宿。我翻到背面，民宿老闆一手精筆細膩的好字應該並不常派上用場。他通知我旅店在「十一月底的歲休」後已重新開張，並標明了冬季價格。他向我保證，我那個能從老虎天窗眺望風景的房間聖誕假期尚未被訂走。左下角，以卡片長期經陽光曬過的懷舊色彩風格呈現的，是夏日的殉難石。這張相片是哪一天拍的？那時，我認識安東妮亞了嗎？聽說過三境邊界森林了嗎？古老明信片那種泛黃色調沉浸在一種永無止盡的當下，我多麼希望這段時光能再多過幾十年……右上角，依舊是盛夏時節。但那是同一個夏天嗎？部分樹梢已有轉為鏽紅的趨勢。一座鋪了石板的廣場中央，一尊戰士銅像，對抗羅馬軍團的英雄，手持一把七公尺長的利刃，指向蔚藍的天空。一個世紀以來，他已將多少低空雲朵開腸剖肚？這張照片下方，右下角的圓框內，第四張，也是最後一張景點照：「鷹塔」，小字說明。兩名馴鷹人立定擺姿勢。他們的左臂上各棲著一頭老鷹，雙翅大展。神情好得意啊！這兩名馴鷹人，曾經多麼地得意！兩人盛裝打扮，禮服領帶，厚長襪穿在絨褲上拉高到膝蓋的位置。右邊那人戴著帽子，胸膛微微鼓起，整個人的重心壓在左腿上。畫面不是非常清楚，但看得出來，這個人與英國演員詹姆士·梅森頗有幾分相像。他左臂上的那頭老鷹是剛好降落還是正要起飛？我戴上老花眼鏡，在昏暗的走廊上，將明信片湊近眼睛仔細看。擺出示範姿勢，鼓起胸膛，這個男人似乎十分高興自己這番成就。

# IV

而現在，草原上的老鷹展翅高飛。猛禽的翅膀振動幾下，一飛沖天。詹姆士·梅森彎起左臂，等了幾秒之後，發出短促的喊聲。蟄伏在一座屋脊上的另一頭猛禽沉沉飛起，低空掠過幾個人的頭頂，停駐在同一隻手臂上。我第一次去三境邊界小住期間，沒有人跟我提過尼芙海姆的鷹園。一隻瘋狂的獵鷹在我們頭上飛，這是全場屏息以待的時刻。

冬季的關園時間很早。鷹園所在的位置風光引人：放目所及十幾二十公里內，鋼藍色的山巒層疊斜下。我希望能在彼世保留幾張心愛面孔的記憶，也想留住這幅風景。有一天，當人類的注意力鬆懈，我很確定，森林將趁著夜幕低垂下山來，重新覆蓋原野，阻斷道路和山徑，拆散軍隊，讓人類瞧清楚他們用誰的柴火取暖。

回到民宿的兩天後，我一大早出發去看日出。路上結冰嚴重，前幾日的降雪積了十公分，在我腳下發出細碎聲響。用世界所有的語言也不足以描述冰天雪地裡的黎明有多少種不同層次的藍。我走得很快。堅硬又粗粒的雪走起來既不累人也不拖延步伐，我急著越過殉難石，一路上沒遇見任何人。走了兩個鐘頭左右，我穿越高大的石群，來到的位置以前有馬路通過，那時郊區電車會在這裡轉彎，駛向尼芙海姆。我突然憶起：就在這個岔路口，曾有一股力量吸引我朝東北方的山徑前近，登山客就是從那裡下山來的。我的研究必須從那裡開始，從那條祕密邊界著手。我必須忤逆自己的意志，那種不知是什麼的感覺，命令我逃離。我每邁出一步都要付出代價。由於時間還早，往這個方向再走三、四個小時再折返還來得及，不至於被黑夜困住。我緩緩朝未知的大地前進，偶爾回首顧盼足印，確認蹤跡並未逐漸消失。在剛過正午的陽光下，我每隔一段時間就查看指南針和地形圖。我是第一個踏上這條路的人。不久之後，我偏斜改道，朝一座山岬走，突出的陸地可遠眺周圍景觀。就在那裡，短暫休息了一會兒之後，我決定發出第一聲呼喊。我卸下背包放在地上，從中取出一支金屬號角，湊上唇邊。一聲持久的震響劃破寂靜，重複了五、六次。然後，我放下號角，眼睛貼在雙筒望遠鏡上，靜靜等待。幾分鐘之後，我改變重音位置，再度發出相同的呼喊。「Paälika！Paälika！」連續十次。我在地圖上大略標出剛才發出搜尋信號的地點：貝恩斯坦山，北側，接近山頂，海拔四百三十九公尺，與殉難石群之間的直線距離，四公里！我不覺得有走這麼遠。現在該下山了，我決定從南邊抄近路，穿越林下層直接回民宿，不再經過殉難石。我的手錶指著下午一點四十五分。大約四點半之前天就全黑了。我依照指南針的指示，步伐輕快，順便查看是否有其他足跡，遇上蛛絲馬跡就立刻停下，以便採集可能出現的反應。冰天雪地的寂靜中，除了我的呼喚之外，什麼也沒有。唯有我所留下的腳印證明人類存在。就著午後的淡藍光線，我數著自己踩下多少印跡，直到一眼望之不盡。每一個看起來都一樣，但每一次踩下時所費的心力不同：或要避開一段樹枝，繞過一座岩石，或在這兒用後腳跟煞停，以免猛然滑倒。

走了整整一個鐘頭之後，我突然聽見有人說話，或該說像是悶哼，奮力發出的叫喊，斷斷續續地夾雜著砍擊聲。我很快就明白：是伐木工人。大約十來個，聚集在一片林間空地，忙著處理倒下的山毛櫸樹幹。一發現我到來，他們停下手中的工作，睜大眼睛瞪著我。我覺得很冷。一陣寒風灌入空地，我並不想在此地逗留。我問他們往漫遊者民宿最近的路怎麼走，但他們所有人都搖頭，都沒聽說過叫這個名稱的旅店。其中一人指示我通往尼芙海姆最近的山徑，並請我喝一杯熱香料酒，我沒拒絕，靜聽他說。「我們很少在大冬天裡上工。不過，十二月初的暴風雪摧毀了數不清的老樹，最好立刻清理，別等到長滿蟲，侵害其他樹株。」

幾分鐘之後，我繼續上路。是因為白日將盡的關係嗎？光線變得清澈詭異，氣溫驟降。樹幹添加了陰影，看上去巨大無比。樹林中的山毛櫸恐怕有五十公尺高，就地遮蓋雲杉。時間分秒流逝，雪愈發澄藍。腳下踩出的碎裂聲響聽起來更乾脆。再也沒有比這個更偶然的巧事了，因為我根本已經不知道自己究竟往哪裡走，最後卻剛好走上了從殉難石群下山往民宿的路。夜幕低垂，我疲累昏睡。

# V

這次冬季山居才開始幾天，我已覺得身心舒服多了。克雷亨貝格山矮林中的冷藍空氣供我的肺葉無限量取用，對我的憂鬱狀態發揮了最佳療效。健行，健行不息：精疲力盡的心神不再胡思亂想。某幾個夜裡，惡夢忘記開啟刑罰密室。早上醒來時得到充分休息，很高興找到了目標：對著在床腳邊過了一夜的號角狂吼三個音節。於是，夜夢，絲毫不再出現。健行甚至讓我連潛意識也疲憊不堪，將潛意識抽空或用某種超猛除垢劑清洗得一乾二淨。很快的，潛意識停止對我惡作劇。黎明曙光初現，我就開心地出門，走入極地般的酷寒，一手拿地圖，一手拿鉛筆，探索三境邊界森林中的新區塊：黑色十字逐漸累積，顯示我曾用擴音器發射三個音節的地點。對，在最初這幾天，我覺得明顯地舒服多了，即使呼喚始終沒有得到回應，我的腳步也從未與前人舊鞋的步履相遇。無所謂，我想像灌木叢後面埋伏著幾雙眼睛，盯住我的行蹤，而時時不離我口的三個音節就是我的護身咒。無論走到哪裡，在森林裡，我無恐無懼。

晚上，回到民宿餐廳，我真的覺得自己好多了。匈牙利牛肉湯，馬鈴薯麵糰，香煎烤豬，菜單一成不變，但我需要這些記憶指標，讓虛弱的心神有所憑依。我在張掛著熊皮和鹿皮的石牆下進餐，任獵物標本麻木的目光瞪著我。牠們太清楚我的每一口，每一小口，每一大口，以及每次有人經過時我尷尬匆促的招呼。上樓就寢前，我點了一杯酒，在清理乾淨的桌面上攤開地形圖。不出幾秒鐘，我就被健行山圖的魔力征服，忘記自己置身餐廳，服務生來來去去，壁爐煙囪咻咻作響，聊天閒扯的人聲嘈雜。我一面瀏覽樹林的灰綠色塊，一面回想白日走過的路線，在標記了黑色十字之處再次佇足。我心中默念：Paälika。Paälika。這一切都很荒謬。在這裡，要是人們知道那支號角，要是某個有頭有臉的民宿客人在某座山頂聽見我的呼喊！但我依然繼續。附近區域布滿十字，以至於地圖愈來愈像一座士兵的墓園。我一天比一天更早出門，延長漫遊的時間，與我前一日或前兩日的足印交會或並行，我擴大了黑十字的範圍。我一小口一小口地啜飲加了野牛草的伏特加，每晚描出隔日要走的路線，堅信遲早有一天，我能踩遍整座森林，Paälika會回應我的聲波探測。

聖誕節過了，接著，除夕也過了。一月初的某一個晚上，夏天與我處得不錯，曾一起追蹤公鹿直到找不到足跡的那名巡山員又出現了。在下山抵達尼芙海姆之前，他繞來民宿喝熱香料酒禦寒。不知道我們兩個誰先發現對方的。總之，巡山員欣然接受與我同桌晚餐，我們繼續秋天的話題，聊大自然和克雷亨貝格山。我與他分享我日常健行漫遊之事，說我決心每天走到精疲力盡，盡可能深入探索這片區域。然後，聽他說話的感覺，我很快就明白：他興致來了，想講解一番哲理。時不時的，當我說到句末音量自然降低，他就趁機從容地發表一兩句只有他深諳奧祕的大道理：「森林就像月亮，有隱藏起來的一面，誰都不該涉足踏入。」而當我重提走遍林地的行腳計畫時，他直接打斷我：「我做這一行已經超過二十年，您以為我們有時間到處這樣走？森林很快就耗盡我們的精力。我們以為自己被疲憊累壞，其實是被森林擺了一道。林子讓我們白走不知多少公里。有人聲稱三境邊界森林其實沒有那麼大，這麼說吧！其實只有地圖標示的一半而已……它無懈可擊地與我們保持距離，只顯露它願意露出的部分，像一個懂得打扮的女人。森林是肺，鼓起消下，隨心所欲。」我克服他話中的魔力，試圖阻擋：「您說得好像有半片森林根本不存在似的，但那只是一種空洞的假設。」他只繼續堅持己見，神祕兮兮地：「從最遠古以來，人類的夢境就困在森林隱藏的那一面裡。如今的人類，在幾次宗教大審判時，燒毀了自己的夢。人只剩下合成夢，生產線製造，隨取隨用。分期付款的夢。然而終其一生，他總在內心尋覓那隱密的一面，臆測它的存在。他苦苦追尋這件消失的寶物。這就是森林。這就是森林二十多年來教我的事情……」而不知道為什麼，在傍晚這個時刻，話題轉移到我幾天前遇見的伐木工人。我還記得自己用一種訝異的語氣對他這麼說：「他們從沒聽說過殉難石。」「伐木工人？」他問，「您確定嗎？不會是走私客吧？」他堅持要我在地形圖上指出我遇見那些人的地點。我手指那天路途的一段，他顯得很驚訝。「那是B1區，離這裡走路兩小時，我經常去。您說有十來個人？我真的很意外。

已經好幾年了，那個區域已經不再進行任何伐木活動。真有人砍樹，我應該知道才對。」

「是因為十二月初那幾場暴風雪的關係。」

「暴風雪？什麼暴風雪？」

## VI

巡山員起身與我道別時，我好想請他再坐下，聽我說Paälika以及去年夏天那幾起鬼影異象。同時想問他，森林是否也在耍弄我，對於某天是否達成目標，我能不能抱持希望。我目送他離開，除了再見，什麼也沒說。

這一切根本沒有意義，而且，日子一天天過去，三個音節得不到任何回響，若有意義亦逐漸隨之消失。對著森林群獸宣喊一個來歷無人知曉的波斯公主死去，一點用也沒有。說到這個，有人將她埋葬入土了嗎？用什麼名義辦的？那麼我一定會刻意費心去深入探究。每天早餐時，我拿起捲在木棍上的晨報，心中準備看見她的照片刊登在頭條新聞，大字標題如：一名部落女子在我國森林迷途。我的一切堅持將得以獲得報償。在我心中，那僅能等待的，就得以找到宣洩的出口。實情並非如此，我只得將就晨報供應的乏味餐點。

不，這根本沒意義。那如果是他呢？Paälika，登山客在窺視火把隊時近距離看見的那個執劍的男子？去年夏天的故事與十一月那場令人毛骨悚然的發現或許構成關聯。我一直想把登山客所堅稱的遭遇視為幻覺，但加上停屍間那名女性的屍體後……誰會有興趣安排這種戲碼？有時候，我過於豐富的想像力會建構出一套劇本，我自己一點也不信，但僅憑理智卻無力將劇情掃出腦海：北方國度把森林當成水溝排水口，清除反對者。異議分子被穿上戲服，化了妝，沉浸於另一個時代的氣氛中，然後像在獵犬群前方被放出來的雉雞一般被丟入森林，最後，當他們決定越過地雷區時就被擊斃！不，這不成立。我必須弄清楚，而為了明白真相，我只有一個辦法：行走，直到精疲力盡。森林的某些區塊，我一寸寸地走了又走，以至於與自己的足印交會幾十遍。印跡未被新雪覆蓋，完好無缺。偶爾，越野滑雪橇的軌痕與我的足印平行或交越；對於記住所有痕跡並像解讀古埃及象形文字那樣辨識其中涵義這種練習而言，有點什麼不大對勁。經常，在矮樹林中，我會認不出自己的腳印，以為自己從來沒走過此處；需要翻遍所有記憶才終於找出我曾在哪一天的哪一個時刻踏過同一個地點的積雪。然後，從同樣的地點，我再次發出呼喊，我的哀歌；在對應的黑十字旁標括號，填入數字二或三。這也就是說，森林裡只有我自己的足跡。幾乎只有我。其他的，我都可以不費力地認出來。某個登山客或巡山員，終究能從鞋子的品牌確定。但是，沒有任何可疑的蹤跡，沒有任何線索指向死去的女神所穿的同款鞋。

在酷寒之中努力行走，任由透著淺藍的蒼茫天光輕撫，我什麼也不想。什麼都不再重要了。也許，那位女性死者的面貌已完全與安東妮亞的臉孔交疊。在我看來，一切都與我隔了一段距離。

偶爾，這令人擔憂的祥靜深處冒出一小點焦慮。不祥的念頭如黑炭灰一般從我內心的煙囪湧升。這只持續幾分鐘，但是，那時，天空沉甸甸地壓在我的肩上，我的胸口上。同一個想法立即浮現：等幾個星期後，霜雪朝極北遷移，大地將重新顯現。青苔陸塊，番紅花山脈紛紛從隆冬浮出。積雪在路面凹陷處抵抗消融，或散成一灘一灘，宛如冰原殘塊漂流。近幾日內，從一灘積雪到另一灘之間，我還能辨認出部分足印走過的路線，還能期望發現 Paälika 或其親族的蹤跡。當雨決定落下，傾盆之後，我將失去所有資源，只能在泥土上仔細搜尋。我不敢想像，不斷告訴自己，畢竟冬天才剛開始。無論如何，這些預警，焦慮的氣息，說服我在這裡多停留一陣子。尼芙海姆有位醫生同意幫我開立慢性疾病停職許可診斷書。「森林趕走我的憂鬱症。」我告訴他，他似乎特別聽進了這個論調。從那時起，我重新得到八個星期的自由，沒有絲毫牽掛阻撓，感覺如喝醉了似地飄飄然。隔天一早，我熱情加倍，試圖走更遠，去我從沒去過的地方。突然多出的空閒時間給了我一雙翅膀。但是，我是真的想發掘可疑的蹤跡，一路跟隨，直到神祕有解？難道不是只想散播我自己的足印，從三個星期以來我盡情纏繞滾大的蹤跡雪球中脫困？我有責任走更遠，繼續探索，但天色仍早早就黑，在我面前形成一道難以穿越的高牆，即使我能期待每晚多出的兩分鐘亮光，活動的空間仍受到限制。為了真的達到精疲力盡的狀態，我必須走更遠，描述的範圍應該每天都要擴大一些。一月中旬的某個下午，我走得比平時更賣力，超越我自己最遠的足跡；過去的另某個下午，我曾必須從那一點折返。積雪上僅有少數小洞，而那也只是狍鹿的蹄印。在樺樹林下看見一條完好的白雪「大道」，我猛然停下腳步。某種事物，與無瑕純白有關，反對我往更遠之處邁進。在別的地方，這條隱密的界線已曾經使我無法動彈，彷彿因為我不具備穿越的資格。但這算什麼？生命的本質不就在於僭越嗎？人生不就該全數耗費在這些界線上嗎？我無法將目光從這片雪白大地移開。「神祕泡泡……」耳邊再次響起巡山員的獨白片段。「在從人類手中奪回的每個空間內都沉睡著一顆神祕泡泡，偶爾，泡泡的某些部分會浮出我們的意識表面。」我是否正面對著這樣一片保留地？

現在就探索三境邊界森林的邊緣地帶，也就是說，核心地帶。這個念頭，我再也拋不開。為此，我必須從漫遊者民宿拔營，找到一座新的基地。我必須從反向進入森林，採取新的攻擊角度。我的腦子裡自然而然地冒出了軍事用語。

## VII

兩天後，一輛計程車載我到銀磨坊旅館。這家旅店的建築和環境與我先前的民宿，相似的地方不只一處。現在，我位於漫遊者民宿西北方二十公里左右，在一片高低起伏，樹林茂密，有一條河流過的小山谷盡頭。從那裡，從林間越野滑雪一天，可以抵達席芬丘的修道院，那是國有森林中最前端的人居地點，坐落於一片空曠的山丘上。慢吞吞的篷頂卡車一個月上山一次，為僧侶們運送糧食；但在冬天，整段結冰的季節，修道院與世界完全隔絕。「陸地」，在這個地區，人們如此稱呼可居住之處，也就是森林邊緣的聚落。陸地居民只在需要醫療急救的狀況下才會現身席芬丘，或者，極少見的，遇上火災的時候。這裡的人對於一九五一年夏天幾場火警記憶鮮明：幾百畝的林地陷入火海，整整兩天，方濟會的修士們孤立無援。

這座修道院變成我的準備道具。我的特洛伊木馬。搬遷隔天，我在銀磨坊附近邁出第一步。這個名稱的由來是老磨坊的水車輪結冰不動，掛滿銀光閃閃的水滴墜子之故。在這裡，雪的碎裂聲稍微比較響。積雪的顆粒較大，喀喀聲響較明顯。或許氣溫更嚴寒。我的腳步更容易在雪地裡刻下印痕。為遠離旅店所走的路上，不例外的，畫滿了滑雪板的軌跡，匯集在某幾個地方。一定有一些祕密軌道在控制登山者們的流動。然而，我一個人也沒遇見，獨自在童話般的森林裡漫走。有人建議我租一對越野雪板，爬到羅馬丘頂，從那裡遠眺席芬丘。

羅馬丘只不過是一座頂部削平，光禿的稜線上架設了一面方位對照圖板的荒山。下午，我努力了四十五分鐘左右爬到山頂，太陽剛開始西斜。在低斜的光線中，從那上面所發現的鳥瞰風景，我真希望能完好無缺地永存心中。方位對照圖上，山頭，界線和遠處的大城指標之間，我找到了修道院的圖示。席芬丘，十九點五公里。果然，雙筒望遠鏡的圓鏡頭裡，在一座輕易可見的小丘上，顯現一幢灰色的建築，隱身在樹林的瓦岩灰和天空的奶白之間。無視冷冽的北風，我在那兒停駐，好長一段時間。靠著腳上的滑雪板，從大路滑下，我很快就能回到山下。時間一分鐘一分鐘地流逝，森林樹梢間的日光逐漸幽微。表演剛開始就離場我做不到，必須等待中場休息，以免失禮。套上滑雪板離開此處，豈不是顯得我這個人很古怪，彷彿嫌這幅環場全景無甚可觀似的。相反的，這風景把我釘在這裡不想走，而太陽已躲入帶狀雲霧後方，距離我十九點五公里的山下，點點燈火閃爍起來。席芬丘，容納了三十三個靈魂的修道院，標誌性的尖頂發亮，宛如燈塔。這就是你在等的時機，我對自己說。現在，撤退吧！在這無邊遼闊之中，沒有其他燈火。

這次登高當晚，我做了個奇怪的夢。一口氣說完是這樣：一片漆黑當中，一些無臉僧侶滑雪消失在矮樹林間。他們在林子裡點亮熊熊火光，開始變身，變成古代部族，手持長劍，揹著箭套，頭戴頭盔。而在此同時，席芬丘的古牆內，我獨自守護燈塔的光。

不知道為什麼，這個冬天，我等了那麼久才開始滑雪。某種程度上，憂鬱狀態促使我緊緊套著登山鞋，彷彿我的腳步有獨特的指紋。隔天，我一大早就出發前往席芬丘，帶著資料最詳盡的地圖和不可或缺的指南針。席芬丘，人家肯定地告訴我，願意接待路過旅客住兩三天，唯一的條件是請他們尊重修道院的安寧。

冬日黎明未亮，我已動身，反正前面幾公里只要沿著大路走。春天一到，慢吞吞的篷頂貨車也從這條路上山。不過，他們並不建議登山客走這裡，因為要繞一大圈。沒有人能好好跟我說明清楚，蓋這條凹凸不平的路時到底想避開什麼樣的地形意外或哪裡的泥沼，因為，從這條路走，路程整整多出一倍。

我快速衝入已經泛著微藍的天地，花了幾分鐘才讓身體熱起來。接下來的幾公里路上，思緒消逝在滑雪板與雪地的擦摩和支氣管發出的急喘吁吁中。天光漸亮，大口吸氣飄然忘我，我全身舒爽。我依照人家的建議，在被稱為羅馬岔的那個十字路口轉彎。從這裡開始，既然已經離開有標示的正道，我就必須更仰賴自己和指南針。因此，進入矮樹林時，我感到既害怕又欣喜。喜悅來自於即將印下我自己的蹤跡；而在滑行的同時，這項於空白大地上書寫的功課將令我極度疲累。在這種狀態下，我知道，如同使用了麻醉藥物一般，我的腦子，由於記憶不周全，將遭到某種選擇性失憶現象入侵。我的肌肉和肺活量火力全開，堅決而踏實地朝指南針所指的方向前進。我覺得自己無比強大，衝勁威猛，沒有任何事物能阻擋我。我彷佛擁有北極特快車在雪原上畫出溝痕的能量。失憶！每次巡行都是一場被我碾碎的回憶，是我妥協了事的方法。假如記憶後來又回來，那就是因為無法不停地走，畢竟，一心不亂的境界，我只有在伸腿向前滑出一步，隨即接著另一步時，才找得到。

兩個鐘頭過去。雲朵聚集，環繞山頭。我還在低海拔之處，但漸漸的，如果不想走偏，無論如何必須往上爬。

不久之後，雲霧將我籠罩，陰魂不散。一開始，一切順利，我還能看清一百公尺，或少說也有四、五十公尺。但我愈往前滑，愈往上爬，能見的距離就愈縮減；我必須隨時查詢指南針，修改路線。評估我的前進速度是不可能的事，特別是在林間空地或荒野，沒有任何樹幹或參考指標的地方：當周圍只剩冰雪和雲霧——能見範圍被局限在幾公尺以內——，我根本再也無法得知自己到底有沒有進展，有沒有往上爬或往前滑。只有疲憊的感覺，多少頗為強烈，還能給我一點提示。天空開始落下一種極細的雪，伴隨著北風狂吹，我剛留下的蹤跡幾乎立即遭到掩埋。所有退路都被阻斷。樹幹重現時，我一株一株地數，試圖評估兩樹相隔多少距離，用腦袋依據我滑過十棵樹所需的時間，計算出一個平均值。做這些荒謬的運算時，手錶給予我珍貴的援助。狂風拍摑得我流下眼淚，我無法直視前方。到底還有所謂的前方，後方，以後嗎？我覺得被包在這團雲絮中過了好幾個小時。雪勢穩定不斷。然而，查看手錶之後，我發現距上次看錶其實僅過了幾分鐘。在那個時候，你應該已經來了，輕聲對我說了一句。雖然帶著指南針，我還是有可能以五十公尺之差錯過修道院而不自知。說不定我都已經進入圍牆了，但因為現在的能見度不超過三公尺……據說恐懼會讓人心力交瘁。說不定我已經原地踏步好幾個小時。我這才體會到：我的蹤跡是活命關鍵。那是懸在半空的鋼索。然而我不願相信迷宮唯一的出口，唯一的阿莉安線，竟是倒帶回到出生的原點。我拚命想改變現狀，而且，無論如何，大雪紛飛，痕跡一下子就消失。這些想法在我腦中以狂亂的節奏鼓動。我會不支倒下，凍死，還是在最後一刻獲救，像一部手法庸俗的小說那樣？或者，這樣漫無目的地在森林中晃蕩，我終會撞見那支部族的成員？這一切難道不只是我自己的意識製造出的鬼影幢幢罷了？北風掃起積雪，狠狠鞭抽我的臉。簡直就像我已經倒下了好一會兒，感覺得到粉狀積雪壓在肌膚上的重量。我是不是已經倒下了好一會兒，正在窒息？我是什麼時候摔倒的呢？在哪裡摔倒這個問題並不成立。我的周圍只剩時間，夜晚來臨，倒數開始。我愈來愈冷，麻木無感。再往前走也沒有用了，如果我不停下來的話。

# VIII

「我在哪裡？您是醫生嗎？席芬丘有醫生？」

「冷靜一點。護士剛才通知我您睜開了眼睛，說了好幾句話，開始一場對談。很好。這種狀況是第一次發生。您曾經有過幾次意識清楚的時刻，但這一次，我相信您真的確實清醒了。一切都順利。您依照正常進度逐漸復原中。」

「我身上已出現凍瘡了嗎？」

「沒有，還好您被及時發現。不過，您陷入譫妄狀態好幾天，精神復原緩慢，現在別急著什麼都想知道。慢慢的，我們會把所有事情都告訴您，不過請您保持冷靜，一切都好。」

「我說了些什麼？」

「您知道的，譫妄症的胡言亂語……您提到某個叫 **Paälika** 的男人或女人，你無論如何必須事先警告他。我們查過了，您的親友中似乎沒有人叫這個名字。」

「我的親友……我必須向找到我的僧侶們表達謝意！我能見他們嗎？」

「您應該好好休息。在床上多躺幾天。找到您的不是僧侶。」

「床，什麼床……這裡是醫院的病房？我為什麼被趕出修道院？」

「您現在在尼芙海姆的中央綜合醫院。這裡的照護良好，您不必擔心。」

「找到我的不是僧侶？」

「是邊界警衛發現了您。要不是您昏倒了，恐怕會踏進地雷區而不自知。只差大約一百公尺而已。而萬一您進入探照區，那可會立即引來一陣機關槍掃射。他們對子彈可毫不吝嗇。幾個月以前，我們邊界警察就發現了一名被擊中的女子，從北邊政權逃出來的。」

「她不是從北邊政權逃出來的，她對北邊政權一無所知。讓那個女人安息吧！首先，關於她的事，您又知道什麼了？您報紙看太多了……還有，剛剛說的又是怎麼一回事？所以我走偏了嗎？我還以為自己在席芬丘修道院附近……」

「您離修道院並不遠，偏北兩公里左右。碰上那天那種豆糊般的濃霧，這完全情有可原。在那樣的暴風雪中，能見度不到兩公尺。巡邏隊碰巧遇上您，真是奇蹟，多虧了他們的巡邏犬。

東西都在。您有一口行李箱，一個背包和一對滑雪板。全部都在那個櫃子裡。」

「我把另一口行李箱留在旅館裡了，裡面有衣物和幾份文件。您去過旅館了嗎？可以請他們把箱子運到這裡來嗎？」

「？」

「回答我！」

「聽我說，別激動。這是您第一次確實恢復意識，別搞砸清醒的狀態。

在這裡，我們對您非常熟悉。去年夏天，當您離開我們的醫院時，看起來已經痊癒了。記得當時我曾建議您別再一個人進山裡健行。您的精神狀態……有點衰弱，您很清楚。總之，很容易受影響。我以為，您在去年六月經歷的事，森林裡看見的幻象，那些火把和戴頭盔的人的故事，以及後來在我們這裡，接受抗憂鬱治療時，那幾個星期的震撼創痛，對您來說已經夠多了……您在十一月時復元出院，發誓再也不踏進這個地區一步……我還陪您去搭火車。我那時心裡想著：這個人總算痊癒了。」

「您在說什麼？瘋了嗎？我根本就不知道您是亞當還是夏娃，醫生。」

「這就奇怪了。這陣子，在您譫妄發作時，您經常跟我們說到，那座森林裡住著一名亞當和一名夏娃。對，現在我想起來了：您說，夏娃死去的時候，發出哀求要人通知那位亞當，就是那個Paälika。您提到不知道什麼的人類的重生，反向的創造。」

「我不知道那時我是什麼狀態，醫生，但您不該稱之為『譫妄』。」

「不管怎樣，我們已經通知您的親人了。您是長期漫遊症的老病患，對於這個症狀，我實在幫不上什麼忙。我已經再次通知您的親友，不厭其煩地重申秋天時給的那些建議……」

「漫遊症？很久以來，我早就沒有親人了。那麼，您到底聯絡了誰？」

「與您眷戀的人團聚，對您來說是最好的。我們只不過撥了您的電話號碼，打電話到您家。與您一起生活的少婦會搭火車過來，今晚抵達。」

「少婦？」

「一位年輕女性，您無緣無故突然離開了她，她找了您好幾個月，甚至發出尋人啟事，報警。電話那頭，她激動得不能自已。那女人的名字好像叫安東妮亞·彼得森。」

寫於霍恩—巴德梅因貝格，一九九七年十月

# 一個動作

夏天某日，他在盛暑中離開提林斯城牆；挑在午後之初，因為那個時刻無人車走動，而他選了從阿果斯過來的那條塵土飛揚的路。凝望宮殿許久之後，現在，他剛通過獅子門，沿中央通道走。沒有人能認出他。他以一種堅決的步伐前行，手按在利刃劍鞘上，必要時或將揮舞。他喬裝成信使。此時，宮殿中某座廳內，她應該正在猜想這名使者究竟帶來什麼消息。

有人領他進入邊間側室，請他等候王后現身。所以就這麼簡單！她即將出現在他面前，他將告訴她說她兒子已不在人世，然後呢？早從許多小時以來，從他上路開始，他就想像著這個場景。他在腦中精心琢磨，反覆演練的那個動作，即將實現，這一點再也無庸置疑。然而，有種什麼警示著他：這個動作不會與他實際做出的一模一樣。一點一滴的，一種詭異的不安襲上心頭。即將抽劍出鞘的，並非真的是他的手。他從未有過如此身不由己的感受。

王后一直沒來。難道她嗅出了什麼不對勁？打從出生以來，偽裝成使者的他不曾這般不像自己。是他暗藏把戲的緣故嗎？在他看來，他即將幹下的這一票似乎攸關全族，關乎所有希臘城邦的財產，甚至更遠更大。他覺得被人監視，在大廳中左右張望。一個人也沒有。那麼？那些眼睛是從哪個洞緊盯他不放的？他衝向面對平原的窗戶，不見活物；阿果斯那條路在熱氣中晃動，荒無人煙。他一時以為自己瘋了，於是大口深呼吸。人逐漸恢復冷靜，持續的時間卻極為短暫。堅信自己被人仔細打量的感覺再度入侵，這裡，那裡，到處都有人注視他。他簡直驚慌失措，被那些絲毫不留喘息餘地的冷酷目光抓得遍體鱗傷。

奧瑞斯特想的沒錯。幾秒鐘前走入大門廊的克萊坦娜絲特藏身陰影中，盯著他看。在極度暈眩不適的同時，偽使者發現了母親，驀然立定。這一切幾秒便過。此刻他已向前，迎對她的詢問。「我是異國人，來自福基德省的多力思。正當我往阿果斯的方向前進時……」他說，但話語猛烈衝回耳朵裡。這波回聲是怎麼回事？他覺得字語四分五裂，碎片就快刺穿他的耳膜。奧瑞斯特振作精神。這種感受沒什麼，他依然會貫徹到底，他曾對伊蕾克特發過誓。現在，他們已交談了幾十秒，或許有一分鐘了；王后這才靈光一閃，領悟自己正在跟誰說話。「大難臨頭！」她高喊起來：「大難臨頭！我解出了謎底。我們將被那狡猾的丫頭害死，因為我們殺了人！」奧瑞斯特知道自己再也無法按捺，無法久久不做那個動作。受王后叫嚷驚動，守衛們即刻將至。他伸手按住劍。然而就在這個時刻，暈眩突然厲害起來。這把武器被詛咒了！奧瑞斯特剛看見自己的舉動穿越各個時代。他的胳臂並非伸向一把利刃，而是探入了一個千古深淵。他的手顫抖不已。當他握緊兵器時，內心響起一個聲音，違背著伊蕾克特，提醒他警戒小心。他看見自己的動作遲緩分解，距邁錫尼遙之又遙。在克萊坦娜斯特的位置上，站著另一個女人，眼中流露相同的神情。然而這個女人，這些女人——因為她們一個接著一個飛快替換，做出某種表情，立於雪白的石板上；四面八方，圍了成千上萬人，席地而坐，屏息以待。這是哪裡？哪個時代？強烈的光線打在他身上，彷彿星子紛紛殞落地球。而始終不斷的，人群圍坐，穿著服飾則一直更變。這是什麼假面陣式？那些奇裝異服又是怎麼回事？為什麼，突然之間，他不再置身阿特雷斯家族的宮殿？為什麼他的母親不再是克萊坦娜絲特？然而，手中緊緊握著利刃的，確實是他，奧瑞斯特。原來這就是了，是復仇女神們對他施加的懲罰！犯下歷史上最著名的罪行，而且必須重建案發經過一千遍，面對一千個怪異的法庭，接受一千次調查。每一次，幾百名證人所指控的，宣判無罪的，歡呼推崇的，都是他。是他，奧瑞斯特！超越了暈眩難受的感覺，他心中竄出一絲驕傲。雖然先前沒去過，但他還是辨識出一連串數不盡的劇場：埃皮達魯斯、以弗所、別迦摩，阿斯本朵思、德爾菲以及其他那麼多那麼多。見他拳腕高舉，群眾皆摒息以待；奧瑞斯特因而狂喜。暈散的光線中，他清楚看出形成背景的幾百座廳殿和截然不同的人群，全都持相同的姿態靜止不動。這面萬花鏡中浮現幾十個克萊坦娜絲特，而在他心裡，自始至終，噴湧著那一股憤怒與驕傲。他甚至嗅到長款假髮的香氣。他全身緊繃到了極點，神經警醒敏銳。奧瑞斯特怒喊狂吼：叫他們滾！別讓他們聽見克萊坦娜絲特的臨死哀號……就算場景出現在德爾菲、羅馬或更遠的地方；落在某些他連想都沒想過的時代，又何妨？那是他的母親，是屬於他們兩人的時刻。他剛才發現她的表情，那是他必須以阿格曼儂之名以死亡凝結住的表情。他不禁猶疑迷惑。但是，再一次，很快的，他想起好友皮拉德的指令。他想像守候在城牆外的伊蕾克特。王后的慘叫聲在一個個時代之間衝撞，在直落邁錫尼的陡峭咽峽中迴盪。所以，他的動作結束不了：此時，胳臂動彈不得，利刃朝皮肉劃下，觸及表面，鮮血尚未噴出。他的動作因過度誇大而鬆弛，反成了諷刺自己的滑稽醜態，暫時停止，因自滿而遲滯。從驕傲的陶醉中醒來後，奧瑞斯特覺得羞愧得要命。除了他母親和一名陌生人以外，廳內已不見其他人影。克萊坦娜絲特耐心靜候，彷彿事不關己；她身邊那個矮小的男人戴著怪模怪樣的眼鏡，批評奧瑞斯特的動作。「太弱了，太弱了，用心點好嗎？媽的！全部重來！奧瑞斯特，振作起來，要不然我們永遠搞不完。還有您，克萊坦娜絲特，加油！」矮小男子光顧著糾正這個動作，沒注意到他老早就差點撞歪劍刃。奧瑞斯特拉長的嘶吼聲不絕於耳，蓋過母親的尖叫。他的惶恐轉為憤怒，對這個白目討厭鬼惱恨極了！他的動作怎麼了？這個小矮人！他殺過自己的母親嗎？他有沒有跟奧瑞斯特現在一樣，聽見守衛的腳步聲啊？突然之間，他感到自己深陷重圍。人潮湧來。他甚至不清楚他們是王宮裡的衛兵，是他先前見到的那幾群人，還是所有那些畸形怪胎；無論身上有沒有香氣，人人輪番過來建議他，糾正他。奧瑞斯特！奧瑞斯特！人們不斷告誡他或恭喜他，歡呼喝采，朝他投射強光或微光或黯淡無光；還有一張張鐵面上怪異奇特的一隻隻獨眼。各種影像人物繞圈旋轉，他都已經不確定守衛們是否也加入共舞。他想找個陰暗的地方，例如一間凹室；但舉目望去只見這座冰冷岩石築成的大廳，以及從窗戶灑下的，阿果斯澄澈的亮光。不，奧瑞斯特，這裡確確實實只有你一個人，倒是快點動作呀！把已經開始的事做完，片刻也不可浪費。想想你遭背叛的父王。別聽從昔日的回憶，別重溫依偎母親胸前的童年時光。到了最終一刻，鋒刃深深刺入王后咽喉之時，他發現身邊出現一群奇怪的人物，其中一名男子看起來像隊長，比手畫腳，高聲宣喊：「大約就是在這裡，曾聳立著阿特雷斯家族的宮殿，而三十個世紀以前，奧瑞斯特在大廳中……」他沒聽完，最後那句話被眾多母親的驚叫聲蓋過。克萊坦娜絲特被刺穿的咽喉中揚起一首極美的歌謠，傳到很遠的地方，被月球上的山脈絆倒，跌入深谷，重新彈起，迴盪在每一個世紀。

寫於一九九二年

# 宙斯家的晚餐

「就在那上面！」波賽頓大嚷，上氣不接下氣。

「希望你說的沒錯。」荷米斯對他說。他在下方十公尺，大汗淋漓，拄著雙蛇杖，在岩石間攀爬。「宙斯怎麼會忽然想搬家，住到這麼高的地方來?!」

「他怕打擾和雜處。他跟我解釋過：人類在奧林帕斯山頂附近蓋了一間避難屋，夏天去爬山的人愈來愈多。老朋友，你知道的，他一點也不喜歡人類，這件事沒辦法解決。」

「應該說，是為他自己開脫……」

荷米斯和波賽頓登上一片臨大城幾十公尺高的陡坡。兩人停下腳步，大口喘氣，調節呼吸。「好冷！」荷米斯怨嘆：「我很習慣在缺乏友善設施的地區旅行，但現在……嘿，那邊，迎賓梯上的那位，可不是赫拉嗎？但願她今天心情順暢！」

「對，是她。她老了好多。」

「聽說宙斯更慘。」

「衰老，在永生不死的時候，真是恐怖。不過既然我們命運如此，你又怎麼能奢求倖免？聽說，就連阿波羅和阿芙蘿狄特也長出皺紋了。」

「他們來嗎？今天晚上，他們會來嗎？」

「我猜會來，你去跟赫拉求證就知道了。」

荷米斯和波賽頓推開一道吱嘎作響的門。現在，他們進入莊園城牆裡了。「多美的房子！」波賽頓表示。「倘若這是一艘船艦，噸位可是巨無霸級的……」赫拉向他們打招呼。一隻黑狗對他們衝來，尖聲狂吠。赫拉厲聲斥喝：「科博洛斯！趴下！乖！」

「黑帝士已經到了。」荷米斯嘆氣。「他啊，大概一點也沒變吧！守時準時，不帶這隻臭狗就哪裡也去不了。」

荷米斯和波賽頓走入玄關。「嗨，赫拉，很高興再見到妳。」波賽頓說。荷米斯撒起嬌來：「希望我們不是最慢到的？這裡的氣候真舒適，赫拉！」

波賽頓對成列廊柱和用大型壁畫裝點的牆面醉心不已，流露讚賞，轉身問女神：「你們是怎麼想到要定居到這裡來的？」

「是宙斯的點子。奧林帕斯的情況，我們已經受不了了。他每天愁眉苦臉的，讓我也跟著心煩。奧林帕斯山讓他想起當年的盛世。那時，人類還信仰他，我的意思是，信仰我們大家。所以他想到這裡的山脈，目前還沒有人住。我們位在普羅米修斯當初被綁鍊的山頂……」

「那個親愛的普羅米修斯，」荷米斯打斷她的話：「要不是他把火種送給人類，今天他們會比較尊重我們一點……」

「別再翻這筆舊帳了。還是快請進吧！先來杯瓊漿放鬆一下好嗎？等所有人到齊後，我們會再奉上仙饌。請跟我來。」

「瓊漿耶！」荷米斯發起牢騷：「我有多久沒喝到了！以前，出門送信時，到處都請我一小杯……」他暫停了一下，又繼續問：「啊老頭子人咧？」

「他在鬧脾氣，自己一個人關在書房裡，誰也不見，連雅典娜也不見。

他說這都是耶穌的錯。事到如今，這樣的競爭對手令人難以忍受。」

有人敲門。阿波羅和阿瑞斯進門，後面跟著帕拉斯雅典娜。他們一伙都從空中降臨，為這裡的環境和莊園深深著迷。「赫拉！大家重聚，宛如回到過去的美好時光，多麼棒的點子！你們退隱了！」是阿瑞斯在大聲嚷嚷還是阿波羅在嘀嘀咕咕？他們都目光熠熠，張嘴發言搶鋒頭。兩人朝波賽頓和荷米斯轉過頭來，裝出現在才看見他們的表情。「嘿！看看這是誰？」但赫拉跑來調停：「請進，請進，宙斯過一會兒就來了。反正，我想，也沒有要等誰了。赫菲斯托斯已經抱歉來不了，他得在菲律賓噴發。戴奧尼修斯和狄蜜特必須監控農作收割；至於埃俄羅斯，他要在日本颳颱風。」

「那黑帝士呢？剛剛在外面，撲到我們身上來的，是科博洛斯沒錯吧？」

「黑帝士？」（赫拉忽然一陣顫慄。）「對，他已經來了。老頭子就是跟他在一起，關在裡面一個多小時了。他自己會跟你們說……」

「赫拉，妳有事瞞著我們。」

「老實告訴你們，宙斯非常沮喪。再也沒有人來拜他了。他整天碎碎念，嘮叨，翻舊帳，想東想西：如果沒有人信仰你們了，如果那些拜倒在你們腳下的人根本否定你們的存在，我們還能宣稱自己是神嗎？」

「啊，」阿瑞斯低聲嘟囔：「身分認同危機。我們大家都經歷過，偶爾都有這種時期。他都不想做些什麼努力嗎？」

「你要他做什麼？沒有心理醫生會醫治神經衰弱的神明。兩千年來，再也沒有人上供……沒有任何祭品。所有祭壇都變成廢墟，任觀光客踐踏，考古學者宰割……」

「那雷霆呢？閃電呢？」

「對，偶爾啦……他還會用一下；但是你以為下面那些人這樣就會想起宙斯？今天的世界裡，他們用科學現象解釋一切。像你，阿波羅，你會射箭引發瘟疫，你認為那些箭能提醒他們你擁有不祥的法力？伏爾坎的火山爆發行嗎？還有你，阿瑞斯，你發動的戰爭能怎麼樣？」

「人家只有在課本和希臘旅遊指南裡才會想到我們。這真可恥。阿拉自誇在非洲和亞洲開拓出新的市場，但假如一千年後，只剩講述阿拉伯的古書才會提到他的話……」

「老傢伙會盡量讓自己釋懷的，你們放心。」赫拉插話。

「我的北歐同事提爾，他已經失望透頂。」阿瑞斯接著說。「過去奉承他的人們變成了地球上最主張和平的民族！他告訴我，他們致力於，等等，撐住喔，他是怎麼說的來著……有了：貢獻和平的力量。這世界簡直反了……」

「在這方面，阿瑞斯，至少，你的地中海國家還……」

「噢！拜託！這五十年來，沒有一樣牢靠。最精良的武器都鎖在彈藥庫不用。他們製造武器，儲備武器，然後又頒布命令禁用武器。我都快抓狂了……就連希臘人也不再拔劍決鬥。偶爾，跟土耳其人那邊雷聲轟隆，風暴一觸即發，然後一切又歸於平靜。他們唯一做的事，就是夏天的時候，任由野蠻的遊牧民族蹂躪他們的土地。我好丟臉。」

波賽頓無比哀痛地打破沉默：「人類用各種政府機關來取代我們。東一個海洋部長，西一個國防部長，農業部長，到處露臉，裝腔作勢。他們還像妳那樣，雅典娜，在空中旅行。妳穿金涼鞋，他們呢，他們有金屬翅膀，而且飛得跟妳一樣快。而當人類不滿意那些部長的時候，就把他們換掉。你們也看得出來這比我們高明在哪裡……坐著噴射座椅的神明，擠出微笑取悅信徒。對，世界反了，所以，我們，當然……話說宙斯和黑帝士到底在一起變什麼花樣？」

「我跟你說過他很沮喪。」赫拉回答。「對了，就在昨天，又差一點出事！他堅信我教能東山再起，會有那麼一點起色；你們知道他一直那麼希望。但那不過是在拍片，關於特洛伊戰爭，或斯巴達王國的衰亡，總之，根本沒什麼，就是搭個舞臺，一些粗糙簡陋的布景。」

「然後咧？」

「結果他就把埃俄羅斯叫來，往那上面颳一陣龍捲風。不到幾秒鐘，布景被一掃而空。這就罷了。『他們在模仿我們。』他說。假如神明之間有訴訟法庭的話，他一定會控告耶和華，要求賠償，連本帶利奉還。等等……我好像聽見他們來了。」

宙斯從大廳深處那扇門進來。黑帝士隨侍在側；此外還有引渡亡靈的船夫卡戎。科博洛斯也在。犬隻的三個舌頭都伸出來喘氣，口水流得到處都是：上了年紀的關係。

「我的朋友們！」眾神之王驚喜大嚷：「孩子們，兄弟們……謝謝你們回應我的邀請。正如你們所料，我請你們來並非只為了喝仙酒和採葡萄。我有很重要的事情要告訴各位。一件讓我揪心的事。我們等待人類的消息已經多少世紀了？就在上個星期，我和索爾一起去巴力那裡；他們也都提高警覺。人類拋棄我們之後，就轉而崇拜新的神明，相對簡單方便，退化變質的第二代神明；一座大陸一個神，身懷十八般武藝，就好像在所有的領域都可以認出自己；就好像，你，阿瑞斯，在操作起風和稼作收成的方面，你可以取代埃俄羅斯，或者，一轉身又變成了狄蜜特……不知道該怎麼說，我一直希望死灰復燃，運勢轉回我們身上。但是無論在哪哩，所有神諭都顯示惡兆。自從我們被排擠以來，如今已過了兩千多年，人類似乎愈來愈不相信神明的功用，任眾神一個個被棄置荒廢。以前膜拜神明用的廟宇現在愈來愈少人光顧。本來我們或許可以高興一下，說不定這個現象對我們有利；但根本不是這樣。而今，人類取得了一種力量，比我的雷電更強大：摧毀他們自己人種的力量。我看見你們浮起微笑，你們也開始期待了！老頭子沒辦到的事，人類將自己獨力達成！不過，這麼一來，波賽頓，代價將是洶湧的波濤，是埃俄羅斯掀起的狂風暴雨，是狄蜜特監控的莊稼收成……這個地球將變成片甲不留的沙漠焦土。一個無法居住的世界，我們也必須逃離。逃到哪裡去呢？逃走做什麼呢？人類把我們逼到了難以抉擇的岔路口……」

「我決意讓你們知道我對這一切感到多麼疲乏。」他沉默了一會兒之後，繼續又說。「讓我們忘卻痛苦的解憂草藥，我喝了又喝，但是一點用也沒有：所有的記憶很快就重回我的腦海。我無法將人類一筆勾銷，他們白天糾纏我，然後又在惡夢裡騷擾我。更糟的是，我必須向你們坦承：次數愈來愈多了，他們令我害怕……從各位臉上的表情，我看得出來，你們也大致認同我的想法……那麼，想告訴你們的事，我就宣布了：我決定離開這座莊園。不是要搬到另外哪座更寒冷的高峰上，不……我想，在高山上，神明們已經無事可做。我們需要的是一座顛倒過來的奧林帕斯，深入地球的五臟六腑……一個能抵擋瘋狂人類的避難所，試著在他們手中繼續存活下去。我，我是他們的父……而他們連火都不會用了！一天拖過一天，像頑童一般終日嬉戲。赫利俄斯，假如你也在場，必然也會同意：他們最後會把地球變成一顆像太陽一樣的炙熱火球！我十分確定。創造他們的那天，我到底做了什麼啊?!荒唐！我們曾經那麼快樂，互相內鬥，跟泰坦族作戰，跟半神們打架……黑帝士，兄弟，你來替我解釋吧！我實在說不下去了，沒有勇氣再繼續。所以，跟大家說清楚：你將接待我去你的地獄，住進一間大套房，我打算在那裡退隱，度過剩餘的永生。至於你，卡戎，走吧！去把船準備好，時候到了！」

寫於一九九七年九月

# 荷米斯

曾經，我是荷米斯，間諜衛星中的王牌。我擔任一項重大任務：環繞，一面環繞一面觀看，然後傳輸。被發射到太空，趕出下面那個世界之後（啊！沒記錯的話，踢在屁股上那一腳好痛！），我帶著滿肚子牢騷留在基地，百依百順；因為，所有命令我都服從。這裡拍張照，那裡拍張照，從來不偏離軌道。指令一出，即刻達成：面對我傳送過去的照片，他們驚愕訝異，長篇大論，沒完沒了。裝甲部隊，祕密工廠，正在建造的鐵路……多虧有我，他們得知鄰國的一切作為。影像訊號在我前額上彈盪，我把它們反射到地球某個定點，我的老闆們在那裡等著接收。

但其實，我是一顆悲傷的衛星。他們要求我觀察的東西，要我檢視的傳聞，全都無聊透頂。對裝甲車隊，難民營，祕密工廠，我厭倦極了。

一天晚上，我飛越一幢坐落於森林深處的老莊園。並非出任務，不，純粹為了我自己，只是打發時間。有個男人支肘倚在窗邊，一臉愁容。他顯得好孤單好寂寞！我真希望能傳幾張美麗的照片給他：世界盡頭的印度神廟女舞者，可能成為心靈伴侶的人選，燦爛的煙火和中國的鳳凰；但我的檔案裡只有戰車，風塵僕僕的戰士，逃亡中的難民。可憐的男人……他一定是在等某個消息，或者某個人；但即使我用長鏡頭瞄準周圍找了又找，也沒看見任何人朝他走來。遠處車輛縱橫交錯，完全忽略他的存在。

如此日復一日，我繞圈不停。有一天，我靈光一閃：我要去找樂子，拓展視野，增進知識。當然，我還是會一直寄出老闆要的照片，但是，偶爾也會繞路到感覺不錯的地方看一看。

從那時起，我的生命有了改變。我尋回了歡笑，拂掠毛茸茸的大草原，像海鷗一樣，天天在浪巔上乘涼；這細碎的浪沫，搔得我的鈦合金腹腔好舒服！理所當然的，技師們大感意外。這架衛星太重了，燃料已經用盡了。太陽能板鬆脫，宛如翅膀一樣拍動起來。它即將墜毀。但它在做什麼？他們沒有責備我：我用超乎平常的精準度傳送影像照片，他們享有豐富奢侈的細節畫面。我飛越金黃色的向日葵花田和阿拉伯領土上的黑色油田，把這片大地當成棋盤下棋；追逐容易受驚嚇的母鹿，逗逗鴿子玩……多麼遙遠啊，那些裝甲部隊！然後，我回到軌道上，回歸正常功能，滿足他們的心意。因為我不想惹事生非。我代表尖端科技，是全班第一名，必須保住龍頭地位。像我這樣的人造衛星不可以翹班逃學。

幾個星期過去，我重新找到生命的滋味，變成了調皮鬼。夜裡，我溜進宮殿拱廊，深入宮廷奧祕，什麼都逃不過我銳利的法眼。喀嚓一聲，我拍下某對姦夫淫婦，然後帶著戰利品溜走。皇室的血管中，貴族之血凝結不動，巴黎、羅馬或紐約的言情報刊都收到我的照片。報章刊登這些影像，拆散佳偶，散播謠言，阻擋許多權貴的康莊大路。某財團主席是否跟黑道談判交易？我在現場。某部長是否暗中拿了一筆黑金回扣？我立刻趕到。

然而，很快的，我又厭倦了。別拍照了，可以的話我倒想嘗試畫畫。大概是鏡頭出問題了，地球上的人們猜測。吼，拜託！我再度悲傷起來，就這樣。

一天早晨，曙光照熱我張開的太陽能板，我想通了。離開！太空這麼大，我一定能遇到其他太陽給我能量，我的太陽能板會興奮得顫抖。這麼做之後，我要改拍星星的照片。天狼星，四十五度完美側面；半人馬座的α，背側大特寫。

說到做到。奔波太空的結果，我找到了一些捷徑，重畫直線，超越光速。這時，我再度見到了人類。不是我告別的那群人，不是在一座祕密工廠把我製造出來的那群人，也不是森林深處支肘倚在窗邊的那個人……我找到的這些人是他們遠古以前的祖先。我能回到人類的過去。啊！要是我有商業頭腦就好了！那我就可以帶著價值難以估計的影像回到地球：《哈姆雷特》真正作者的照片，坐在書桌前，寫下 To be, or not to be 的那一刻……報導尤利西斯歸鄉的實際路線；所羅門王宮中的深閨祕史，諸如此類。但是，在我曾見過的所有影像中，最美麗，最閃亮的，皆來自火，戰爭，或爆發。在那座奇怪的博物館內，我又見到廣島的蕈狀雲，以及它在長崎的難兄難弟。莫斯科的大火，然後是羅馬的大火，亞力山卓圖書館的大火；維蘇威火山怒氣沖天，灰燼淹沒龐貝城，特洛伊在熊熊火光中敗落。不得不相信：在我們周遭的世界裡，這幾場烈火最是醒目，最是顯著。

我並不想把這些畫面帶回地球。我默默如星子，努力再努力，拚命把影像傳送到路過的星星上，為的還不就是展示這些動亂與火災的照片，警告陌生的星球；通知另一個世界的消防隊員盡速奔跑，對地球伸出援手，趕在一切尚未消耗殆盡之前。

寫於一九九六年九月

# $\pi$之謎

# I

某個冬日早晨，時間還很早，退隱的物理數學家身體非常不舒服，卻被電話吵醒。是一個年輕的女性聲音，要找教授聽電話。他忍住反胃作嘔，回了一句：「我就是……」女聲聞言接話：「請先別掛斷，我們現在請國策顧問來跟您說。」接著響起幾秒鐘音樂，他甚至來不及猜想是不是有人一大早就跟他開玩笑。近年來，人類學家們已證實：人類這種生物，在早晨過半以前，僅能發揮極少部分的幽默感。這是他上個月在一本科學月刊裡讀到的。不過，現在才九點十七分，還不到，應該算十六分。顧問宣稱想盡快見他，也就是說，立刻要見，並已派了一輛車來接他。半個小時之後，一輛大禮車在他家門前煞住，他坐上車，消失在黑色車窗後。車子裡，司機一問三不知。他試著用一盒美國香菸收買，沒用；再拿出古巴雪茄，依然無效。

在府邸側翼等候時，他仔細思索這次召見的各種可能原因。獲派擔任國家研究中心物理數學所的所長以來，他不曾與任何官方部門有過瓜葛；而當大門敞開，總統的科學顧問現身，當他被一把拉入辦公室時，他的腦子裡始終一片空白。他們要了兩杯咖啡，其中一杯「濃縮，雙倍，麻煩您了」。顧問卸下緊張，換個輕鬆的姿態，變回學術界這個小圈子平時所認識的他：滔滔不絕，面帶微笑，圓臉胖嘟嘟，方框眼鏡後面的瞇瞇眼又細又長。僕人送上咖啡之後，趁沒人注意便悄悄溜走。顧問熱切展開他最愛的消遣：說話。「親愛的同仁，我把您請過來，是為了π這個數！令人深深著迷的π！呵呵！我看您挑起了眉毛，簡直變成兩道完美的倒V。是這樣的：我們希望請您針對這個數值，研發史上野心規模最大的研究計畫。盡可能找出小數點後面的數字；要遠遠超出一般凡人所取的近似值3.1415；甚或，文化水準較高者所知道的3.14159，如小學填鴨式教育所灌輸的『一個圓的周長與其直徑的比值』。」（物理學家總算清醒過來，暗暗吃驚。到處的研究經費都被刪減，他自己的部門也不例外……餘額都快見底了，他們還要他投身追蹤一個數值宇宙，一個沒有盡頭的宇宙？）

「不需要我特別提醒吧：在這個領域裡，相關研究以多麼驚人的速度勃發至今。」顧問接著說。「阿基米德發現了前三位小數，與巴比倫時期的推算相同；脈絡就此開通。從那時起，每個世紀的數學家們接力承先啟後。小數點後一百萬位這個關卡已在一九七三年達成；十六年後，突破十億位；就在兩年前，一個日本人，金田康正，他的電腦吐出一份小數五百一十億位的清單；兩個月後，利用網際網路與多臺電腦連線，千億大關已經達陣……」

「而這根本不夠看。」數學家旁敲側擊。想吐的感覺已經平息，幽默感逐漸甦醒：「我保證，從現在算起要不了多久，我就能把接下去的幾千萬億位小數帶來辦公室給您！」

「看來，並沒有必要對您畫圖解說囉……」

「但這是為了什麼呢？是要去參加奧運嗎？就現狀而言，何必……」

「我們所要的，是盡可能地累積，推演到想像極限以外。累積，再累積！」（這一次，數學家認真地猜疑起來：顧問究竟是哪根筋不對，硬要扯他來滿足自己的狂熱，而且，為什麼，一定要在這麼冷的冬天早晨？）

「史上第一次，」顧問長長地吸了一口氣又吐出來，仔細端詳他的客人，然後才繼續說下去：「小數的研究宗旨並非純粹關於……數學（他又深呼吸一次，明白自己正觸及解說中最棘手的部分，需要傾出全力堅定信念。數學家條理清晰的頭腦恐怕變成一面堅固的盾牌，將一項項論點輕快回彈。）您知道金田是怎麼說的。也知道其他很多人開始推測：由於小數點後那一連串無止盡的隨機亂數，π這個數值可能是好幾串數字偶然無來由的碰撞，對好奇心旺盛的人來說是值得鑽研開發的領域……有人說，這串數字厲害到在裡面什麼都找得到：您的電話號碼，信用卡號碼，我們每座城市中每棟樓房的號碼，多少世紀以來所有人類的出生年月日等等。但這些還可以延伸到更遠，只要研究者有心靜待好時機，並懂得安排……」

「我知道。」物理學家小聲回答：「曾有好長一段時間，我在觀看星星的同時，一面漫漫想著這個數字。或許從一開始，π就是某種傳遞給人類的訊息密碼。是一只神奇的無底寶箱，裡面什麼都找得到，包括所有加冕日期和出生日期。」

「而且，運用數字的語言，甚至可以從中讀出童話，不僅如此，還有《罪與罰》、印度和古巴比倫最早的文獻等等，什麼都有，應有盡有。當然，如果我們運氣好，能在這裡面，這團超級混亂的數字裡面，找出一部文學作品，或某位領導人的傳記，找到的卻還有可能是錯的，市面上應該流傳著幾百萬種版本，有的謬誤百出，有的特別寫實，諸如此類。其中只有一個版本是正確的，但只要努力研究，轉譯，分析……

大致說來，我國政府關注π這個數值跟關注咖啡渣一樣，都是為了卜問國勢，就像以前的人會去德爾菲詢問皮媞亞神諭是這樣沒錯吧？」

「大致說來，長遠而言，我不否認那是我們隱約窺見的目標之一。這是個假設，不能一開始就排除，也因此，我們需要召集懂得區分良莠好壞的科學菁英。」

# II

研究工作迅速展開。以物理數學家為首，帶領一群科學家，另外也包括地理學家，歷史學家，社會學家，數字可能具有某種意義之各種領域裡的傑出人才。前來支援他的還有語言學家團隊，例如商博良的小組；當小數點後的數字累積到一定的量，就傳給他們去試著把數字破譯成字母，不知道可能是世界上哪一種語言，仍存活的還是已死去的。好幾臺超級電腦供數學家們使用，他們很快就突破百兆位小數。日子一天天過去。這個計畫承受著滴水不漏的最高機密所帶來的壓力。教授偶爾會發現走在某條大馬路上時有人跟蹤他，或電話遭到竊聽：來自簡陋的監聽儀器操控板的背景雜音令他提高警覺。不過，身負如此重大任務時，這不是再正常也不過了嗎？

小數點後的數字不斷累積。很快的，他們慶賀千兆位達成，不久後又為兩千兆位開香檳。宛如小樹枝上的螞蟻橫渡一條茫茫無涯的大河，不見河岸，沒有源頭，沒有出口。如果宇宙的起源真的是上帝，祂應該只用了一成的時間創造恆星，行星，海洋，陸地和陸地上的草與長頸鹿；剩餘的九成時間則花在製作檔案，訂定π值的小數位數字順序，在密密麻麻的抄寫員幫助之下，以多少世紀的時間，草草寫了多少公里長的紙張。浩瀚巨大的現象並非宇宙太空獨有，物理學家自忖。而過了三個月之後，當達成小數點後一兆兆位時，他讓整個團隊放假一星期，把一些人送去做海洋水療，另一些人去靜養療程，其他人去阿爾泰山長途健行。他對每個人說：「約好一個星期後見。到時候，將根據我們現有的成果展開實驗與研究。再往下運算沒有意義。假如真的能找出什麼，應該就在這個範圍裡了。」

## III

將撈魚網伸入這條河裡打撈，等於是在撒哈拉沙漠採樣撿取三粒沙，然後試圖從中分析出距今幾千年前附近是否曾出現繁茂的文明。必須找到一套調查方法，但大家都束手無策。率先自認捕捉到些許可用線索的人讓電腦搜尋某個過去的日期，附帶年分和月分，他得到一張清單，上面有十一萬五千七百一十六則數字「篩選結果」。研究紀錄一定要一次比一次精準，儘管沒人知道自己到底在找什麼。無論如何，研究團隊祭出所有可行辦法，進入鑽測採樣階段，接著剖析那些數字段落。地理學家們發現有一串數字令人強烈聯想烏拉山脈排名前百岳的海拔高度，然後又像墨西哥十條主要河川的長度與平均流量。「太棒了！」物理數學家一副若有所思的模樣，對他們說：「有了這些……」天文學者們做出好幾串有意思的分析，依序顯示太陽系各行星在赤道地區的重力、密度和直徑，以及它們與太陽之間以天文單位表示的平均距離，它們的公轉與自轉周期，還有衛星的數目。在算出正確的數列之前，他們嚴格篩選了不知幾十組數列，只要其中有一個、兩個或五十個錯誤，就必須淘汰。提高要求條件，這成為向電腦求解時唯一有效的方法。七零八落的數列提供了不少有趣的資訊，但數譜的主調依舊模糊難辨，深受背景雜音干擾；而比方說，找到描述行星特質那個段落，或許只是純粹的偶然，剛好有些數字與現實中的某個部分意外重疊。

關於這個層面，參與計畫的哲學家們意見分歧：一派認為π裡記錄了所有的一切，且屬於蓄意行為；另外兩派則認為，浩瀚大千中的偶發特性可以讓真實與想像的一切都存留在π裡面，因為數字一旦經過排列，最後必然全部重組，沒有例外，不需任何外力在某個時刻介入。令他們開始著迷的正是這一點：世界的命運，包括其過去與現在的狀態，竟可能已指示在一套無人編寫的紀錄中，而且自行延展，自行茁壯。其中一名哲學家因而發瘋，不得不盡快替他在一家療養中心找到床位：日日夜夜，他信誓旦旦地告訴對那些願意聽他講話的人：他個人屬於π值不可或缺的一部分。他要求取得一億一千兩百萬個數字之擁有權。那些數字專屬於他，描述他的身體特徵，他的人生經歷和未來發展。是啊！人家這麼回應他，每隻浮游生物都是海洋的一部分，不過您還是冷靜點吧！這樣又有什麼用。

# IV

如此又過了兩個月。研究工程得到一些有趣的成果，雖然斷斷續續的，十分不連續，到了一個沒有人敢想像的地步。一如天文學家會在某些夜裡重回他用新星星所織成的網，學者們也處處辨別出幾位偉人生平中各種重大日期。歷史學家們確信從中定位出托爾斯泰，列夫·托爾斯泰，當然；但是另外還有一百五十三個段落也試圖搶占列夫·托爾斯泰的身分。所有數字都正確：人生大事的日期，父母親去世時的的歲數等等，然而總有兩、三項細節不符。各種奇奇怪怪的相近值，幾乎完全吻合，全都共存於$\pi$值裡。而他們還沒嘗試搜尋《戰爭與和平》呢！目前無法奢想把數字段落轉譯成拉丁語系的字母；關於這一點，語言學家們滯礙不前，意見分歧。

日子來到十月初，這支奇特團隊的領導人意外地接到一通來自科學院的電話：「您是今年度諾貝爾物理學獎的熱門人選……明天早上記得聽廣播，說不定會有驚喜……不，當然，您正在進行的計畫一直是機密，不是這個問題，而是關於過去您在標準模組等方面上所做的研究。」隔天早上，十月九日，廣播宣布，他的畢生工作成就贏得了那最高榮譽獎項。他這輩子已過了六十五個年頭六個月又幾天，為此內心波濤洶湧。

突如其來的光榮令他不安，再加上幸福喜悅洋溢，促使他在晚上，所有人都已離開之後，難得清靜的時刻裡，仍繼續守著超級電腦，費盡心思哄它們。活像與獅群關在同一個籠子裡的馴獸師，他心想。或者應該說，是一個苦苦哀求占卜師皮媞亞的可憐窮苦人？

好幾個晚上，他一人獨自進行研究，因而有機會將自己生命中的重要數字輸入電腦，包括出生日期，出生地的經緯度，年紀等等，並在那個數值宇宙中定位出一串對應他自己的數列。他仔細檢驗，反覆思考，這才敢確定：真的是他。他把這份清單列印出來，帶回家去，陷入無邊推測。許多數字都讓他聯想到這一生中有意義的日子：270384，他進入科學研究所的日期；111184，認識娜蒂雅那一天，諸如此類。有些數字依然神祕難解，不過，他心想，反正，也沒有人百分之百地認識自己。就連諾貝爾獎的頒獎日期也在裡面！……他一再瀏覽重讀那份清單，次數不勝其數，目光被一組五位數字吸引。起初，他並未賦予41512任何意義。這幾個數字落在的位置距離前晚廣播所宣布的日期不遠……41512……41512……幾年前，恐怖時期，刑法中那嚴苛的條文——直到現在，雖然如今的時期沒那麼嚴苛——，叛國者一律判坐苦牢或絞刑。第415條第12項！他徹夜無眠。

一切都很清楚，或者說，在他看來，一切非常清楚：他擁有一項國家機密——也就是解碼數值宇宙的程式——，上面怕他說出去，叛逃……

人才流失，投奔某個強大的外國，與祖國作對！拿到諾貝爾獎，全世界的注意焦點都將集中在他身上……或許，如同對其他人所做的那樣，他們會阻止他去領獎；或許在這段研究期間已有消息走漏，外國的情報單位早已聽聞風聲，因此他必須負起法律責任。不到幾個小時，他的士氣潰不成軍。一項原本引人入勝的冒險轉眼成了惡夢。他感到自己遭到圍捕，飽受騷擾，而且事實上，他的電話的確被監聽；但是他從未，從來未曾提及計畫工作內容，就連在他的老母親面前都沒說過。

日子一天天過去，他心中的恐懼絲毫未減。十二月到了，他該出發去斯德哥爾摩那天也來臨了，獎項將在那裡頒給他。政府當局沒有刁難他，但他不敢放心。他想像安全局的人如貓蜷縮在草叢裡一般，只等適當的時機突然蹦出。在那之前，研究持續進展，但進展愈多，感覺就愈清楚：必須投入成千上萬的菁英，耗時好幾個世紀，才可能找到這個數值的關鍵，假如其中真的有那麼一個關鍵的話。都無所謂了。有人努力挖井通往地球核心，而人類也在月球印下了腳印。

於是那天來臨了：科學家被一輛大禮車載往機場，身邊圍了一群高層名人。他不禁發抖。41512……或許就在下一刻，陰謀隨時會揭穿，他即將遭到逮捕。機場大廳內，有幾個人四處閒晃；他從衣著認出那些人：毛氈帽，灰色風衣，煤灰色長褲。走到哪裡都一樣，他被監視著。班機應該在一個小時內起飛。他的行李已經辦理好托運手續。這就能稍稍減輕恐懼的重擔嗎？他曾一廂情願地想，只要拿到諾貝爾獎，他們就永遠無法判他叛國罪，但這並非不動如山的鐵律。說不定，他被逮捕的時間會延到五年後、十年後、他死前的幾個鐘頭，那時，他早已再度被世人遺忘。

時候到了。他與另外四名學者所組成的代表團一起出發，這四人陪他度過了整個研究生涯。突然間，機場的報時鐘響起，一個彷彿來自伊甸園般的悅耳聲音宣布航班資訊：「搭乘飛航班次415前往斯德哥爾摩的旅客請由12號門登機。請注意，搭乘航班415的旅客……」

寫於一九九七年九月

# 高塔上

火車撞擊鐵軌所發出的和弦，一聲聲喚醒他腦海中舊日發車的情景。聽著車軸反反覆覆老調重彈，火車頭嗚笛聲響，旅人確定自己找回了助他走出迷宮的阿莉安線。

快車將綿延不知幾公里的軌道碎石與被夕陽染成火紅的道岔轉轍器全都拋在他身後。在某些車站外的分道樞紐，列車令人聯想一隻拉起拉鍊的手。

不久之後，再也沒有任何車站了。再過幾個小時，東方特快車即將抵達終點。旅人觀看遠方，地平線上，一場戰爭沖積出一片片金屬沙洲：裝甲車的鐵殼，高舉的大炮。快車駛過大停車場，這表示目的地就快到了。不久之後，高塔就快到了……飽受風沙侵蝕的納稅站周圍排了好幾條隊伍，人們在此繳納駱駝商隊或長程飛機的稅金。現在這個時候，他有股衝動想爬到火車頂：從那裡應該可以眺望遠方的巴別塔。

他的車廂裡擠滿了朝聖人群，大家的共同語言似乎是英語，一種雜亂無章的英語，充滿波斯用字，斯拉夫說法和其他語言雜質。每個朝聖者都謹慎戒備地保管自己打算放在高塔斜坡上的物品。

愈來愈近了。邊界上，由於國際情勢嚴重緊張，盤查時間十分漫長。一個接著一個，旅人們載運的夢想皆被仔細搜查；因為，據說，走私犯利用夢境的豁免權來偷渡巴比倫的珍貴產品。

*

兩個小時之後，夕陽西沉，快車畫出一條大彎弧。旅客們緊貼在玻璃窗上，看見了巴別塔。還很遠，但已經那麼高……所以就是它了，東方女神，頸子周圍纏繞著一圈圈的階梯項鍊……自從人們為了趕工而把它改造成一座憑弔幻滅的祭壇以來，它竟已變得這麼高了！朝聖者們以熾熱的眼神仰望，緊緊握住各自的包包，行李，甕罐或羊皮袋，硬紙盒，裡面封裝著他們失落的夢。上帝，它變得可真高！無論挪亞或巴比倫歷代君王，以往都沒人能想像出一個有效的辦法，讓他們的星象廟塔通抵天頂；沒有人湊得出足夠的經費來支付工人度過夠長的施工期。現在，這問題幾乎已迎刃而解。啊，那條天梯……當初聯合國只宣布重啟建塔工程，發動全球認捐，並特別邀請每位捐助者來此地放置自己破碎的幻夢；塔高從此扶搖直上，速度驚人。

旅人重讀一篇刊登在《紐約時報》的報導，文章的開頭如下：「多虧幻滅夢想的堆積，朝天累進的成績可達每年幾百公尺。」

*

盛大的朝聖人潮把巴比倫車站擠得天翻地覆。看看這來自世界各地的混雜人群，一種想法昭然若揭：失敗是分配最均等的全球性產物。國際禁運雖讓巴比倫和亞述叫苦連天，對這項基本產品卻沒有任何影響。

旅人慶幸自己出發前打了通電話給好友馬爾杜克巴力[1]教授，可以在抵達當晚借住他家。沖個澡，閒聊幾個小時，然後遁入漫長的睡眠隧道，在實際奉行儀式之前，對他將有極大的助益。

戰爭的謠言愈傳愈嚴重。「如今這個局勢，」教授對客人說：「邊界隨時會關閉。一刻鐘也不能浪費，衝突一觸即發。明天早上一開門，您就可以上去。我的司機會載您到塔下。」

*

隔天清晨，旅人來到星象廟塔下方。售票口已經聚集一群人準備搭電梯，模樣看了令人鼻酸。上帝啊！但願我看起來不像他們那麼悽慘！旅人暗想，我一定要把這張照片放在塔頂上……

等待的隊伍中，一個難民捧了一把家鄉的泥土，那是他在逃亡前匆匆抓起的，距今已有五十年。許多人來此扔一把土，來自某個被滅亡的祖國；或一些飾品，來自某個已消失的帝國；於是，巴別塔建立在鄉愁之上成長茁壯，全世界的沃土讓它的側坡上開滿全世界的花。它是全部流離失所者的總和，接待從任何地方冒出的雲朵，任它們在此盡情流淚哭泣。

等待的隊伍中，一名老者緊抓著一份遭所有編輯拒絕的手稿。外交官們來此放置國會從不認可的和平協議文。在這裡，全部加起來，共有多少人？一時之間，旅人覺得全地球的人都趕到這裡來了。他也站入隊伍等待。傾倒在斜坡上的，主要都是書，一大捆一大捆的書，紙箱裡滿滿都是書，尚未裁邊，不曾翻閱，甚至連封面都沒被瞧過一眼。詩集，小說，格言警句，散文，哲學論述。一言以蔽之，除了流亡者的泥土以外，高塔的肥料就是世人沒讀過的書。幾十億本賣不出去的書，各種語言都有，確保這座塔基底穩固。多少傑出的亞歷山大體十二音節詩，經典笑話，種種幸福的書寫落得不幸的下場；多少閃閃發光的美麗段落鞏固巴別塔屹立不搖？這座幾百公里外就能望見，金字塔般的巨柱，即將抵達天頂。

*

旅人是趕在關門前幾分鐘搭上電梯的最後幾個人之一。鐵籠載著他和另幾名同伴，來到目前的塔頂附近，停在一座接待訪客的平臺上。露天平臺上的攤位販賣各種苦味飲料。夜幕低垂。

緩緩的，他踏過幾十億則破滅幻夢，攀登最後幾公尺。只剩幾公釐，巴別塔就要頂到天了。旅人頓時領悟：只要擺上他那張幻滅的照片，人類最古老的夢即將如願以償。他將照片從口袋中拿出來。由於天色昏暗，難以看清照的是什麼。也許是一群人，也許這是一張廣納各類人性的照片；或許只有一個人，一位絕世美女的照片。正當他伸手要把照片放到塔尖上時，遠方的大地忽然一片血紅。震耳欲聾的轟隆聲中，閃電劃破夜空。敵軍的飛機如蜂群湧來，才剛出現，已往高塔斜坡插下鬥牛短標槍。時值午夜，灰飛湮滅。巴比倫展開黑暗的一天。

寫於一九九一年三月

1 馬爾杜克巴力（Bêl-Mardouk），虛構人物，其名字中的Bêl也就是Baal，巴力，古代西亞中用於神祇的稱號。Bêl-Mardouk 原是巴比倫的守護神、主神和巴比倫尼亞的國神。華文世界多單獨以馬爾杜克或馬獨克稱呼。馬爾杜克居於巴比倫城的埃薩吉拉神廟內 (Esagil)，廟址上的Etemenanki被視為巴別塔的前身。

# 廢除原罪

克里姆林宮學專家，以前人們如此稱呼這群剖析蘇聯首腦集團的學者。他們卻從來不知道，在一九八〇年代初期，莫斯科城中心是某種獨特抗爭的舞臺；直到某個冬天早晨，人群逼近紅場，政權當局才有所警覺。

只因盧比揚卡檔案開啟，導致這幾個月來，事件有重新浮上檯面的趨勢。然而曝光速度緩慢，爆料終究未能成功；因為，在過程中的不同階段，鬧門再度關閉。那件事必須保密，無論此後在位的是何種政體或國家結構。在紅星黯淡以前，無神論擁護者們積極阻止洩密；至於現在，則是東正教會不斷暗中呼籲，要做到滴水不穿，並焚毀報告。

報告中最主要的是甘納迪．潘菲洛夫的重大證詞；當時，他是蘇維埃社會主義共和國共產黨中央委員會總書記身邊的內政顧問。

*

那天早晨，甘納迪．潘菲洛夫剛到克里姆林宮裡的辦公室，一臺他熟知用途的電話機就鈴聲大作：這具電話連線到捷爾任斯基廣場總部的領導人——也就是特務組織。這是個不好的預兆。

「潘菲洛夫?!」電話線另一端傳來咆哮。「立刻封鎖克林姆林宮所有大門！不准任何車輛進出！至於我們這邊，紅場周圍都禁止接近。有兩、三千名示威分子正朝您那裡前進。」

「兩、三千名什麼？您為什麼不逮捕他們？」

「起初，我們以為那是一場經過核准的遊行，大戰時期的愛國退伍軍人集會之類的。人人舉著紅旗，戴著臂章，從普希金廣場出發，沿著高爾基大街走來。現在，他們已經抵達十月革命五十週年廣場；您很快就會看見他們出現。」

「你們見鬼了為什麼什麼也沒做？」

「我剛才不是說了嗎?! 大家都以為那是一場紀念活動，一場正式遊行；他們很安靜，行動和緩，所有人都……但是查了資料才知道，這條路線今天沒有登記任何集會遊行。」

「盡速行動，趕快封鎖宮殿。」

「就讓他們進入紅場，到了那兒，他們有如甕中之鱉。我們盡可能等到最後再出手：直到知道他們究竟是誰，有什麼圖謀之前，先不管他們。」

*

幾名不畏嚴寒的觀光客原本等著瞻仰烏里揚諾夫先生[1]蒼白瘦弱的遺體，對於陵墓無預警關閉感到一頭霧水，而且衛兵突然態度粗魯，更令人莫名其妙。國家百貨商場在幾分鐘內疏散所有顧客，據說剛發生了火警。

潘菲洛夫描述，當時他立即下令封鎖堡壘的通道。沒有禮車出得去。日本大使被困在克里姆林宮的城牆內，還以為只是普通的安全演習。禁衛隊進入警戒狀態，黨總書記及幾名親信顧問都接獲現場消息，震驚不已，決定從救世主塔上觀察事件發展。所有人都緊張輕顫。然而，根據潘菲洛夫所說，多年來，總書記一直等著這一天：等人民膽敢挑戰他的絕對威權，前來向他提出要求。他早就祈禱這一天到來，甚至做過幾回讓步，甚至承受侮辱，因為他鬆解了特務組織的箝制。他夢想與人民同在，向他們證明，在他無窮盡的苛政中，其實藏著無窮盡的善意……人群，現在於紅場入口，歷史博物館兩側可看見的一小群人，已自覺能表達憤怒，前來赴約……無論如何不准開槍，我們必須先逮捕所有人，並詢問調查；這是他下的命令。他堅持拉近觀看，審視，看那一群人也看他們的怒氣，於是舉起望遠鏡。

人群來到陵墓附近。他們一定會加以辱罵，破壞，總書記心想；他擔心起自己的容忍度。但在他用望遠鏡偵察的人群之中，不見任何面孔轉向花崗岩廊柱和斑岩石板牆。不僅如此，示威者們繼續朝廣場另一端走，愈來愈接近救世主塔。他們所經之處留下滿地的傳單。「立刻派人去撿，並帶來給我！」總書記要求。

人群沿著國家百貨商場不停往前。這黑壓壓的一塊方陣上突出各種口號標語，從壯麗的城塔上，難以辨識其內容。不久後，由白髮蒼蒼的老人，初長成的蘿莉少女，豐腴美麗的婦人，掛滿勳章的工人們所組成的群眾，在聖瓦西里主教堂的七彩圓頂下方停下腳步。救世主塔內的人默默等候，一言不發。克里姆林宮的每座城門後都有幾十名武裝人員待命戒備，而始終沒有任何命令傳達過來。

總書記身旁的同事們聽見他那時低聲嘀咕：「他們為什麼不來克林姆林宮？是想羞辱我嗎？到底發生了什麼事？」黨國頭號人物再也忍不住，用發顫的聲音命令一名顧問：「叫人拿擴音器過來，我要跟他們對話。叫他們派一個代表出來……」但這時已有一名軍官氣喘吁吁向他跑來，手裡拿著剛在廣場上撿到的傳單。從塔樓的城垛望去，可看見幾名示威者爬上教堂，試圖撞門闖入。民眾突然群情激憤起來。他們瘋了嗎？克里姆林宮內一片納悶不解。難道他們是無神論的極端分子？從三〇年代以來，就再也沒有人破壞教堂了，何況是這座珍寶，總不至於吧……

「他們不是衝著您來的，領導同志。」軍官肯定地說：「不是針對我們。」

「那這是怎麼回事？」

「您得讀讀這些傳單……我們也聽了他們的口號……」

「所以呢？」

「他們……他們反的是全能的神。請您讀讀他們的傳單！」

「反上帝？」

「對，反上帝。」

（總書記當時顫抖了一下，潘菲洛夫這麼說。因為，幾個月以前，必須分秒證明蘇聯體制最優異的學者們不小心有了個最高等級的重大發現，教義之根本與官方六十多年來所主張的無神論都因而必須重新檢討：他們證實了上帝存在。一想到此事可能走漏風聲，黨國頭號人物不禁顫抖，因為，儘管防範如此周延，那則祕密仍然……）

「他們究竟要什麼？這太荒唐了！」

「他們要求改革。」

「這個他們早就有了！以後也還會有更多！這陣子宣布的不就只有改革這件事嗎?!發護照讓他們移居海外，各地方蘇維埃推舉一位以上的候選人……」

「不，不是這種改革。我想，我們永遠無法回應他們的期望……」

「我們可以努力，可以重新出版巴斯特納克[2]，甚至曼德爾施塔姆[3]，假如有需要的話。」

「他們要求廢除原罪，提出修正案，修正十誡裡的一大堆規定。罷免部分聖者，讓聖靈退位。祂到底扮演什麼角色，升天進入天堂真的有可能嗎？諸如此類的這些根本沒有人明瞭。另外，他們特別要求為亞當和夏娃平反。」

這時手下拿了擴音器給總書記。這具器材令他想起年輕時光：夏天，在索契，他主持共青會團聚活動那些日子。一股厭惡感油然而生，他放下了擴音器。對著那張大口，他不知道該說什麼才好。為亞當和夏娃平反！而他自己，都已經過了三十年，他始終還沒徹底消化第二十次代表大會的決議[4]……他對安全首長比了個手勢，並給了幾個指示：「驅散他們，把他們關進瘋人院，隨便您怎麼做；重新開放廣場和陵墓，趁日本大使還沒抗議之前，放他出去，動作快。」然後，他轉身回辦公室，途中宛如穿越一座迷宮，迷路三次才走到。那一整天，他的心情極度惡劣。有種東西告訴他，他能繼續統治這座帝國的時間不多了。

寫於一九九七年八月

1 即列寧。本名為弗拉基米爾・伊里奇・烏里揚諾夫（Vladimir Ilyich Ulyanov）。在他去世後，蘇聯政府在莫斯科的紅場建造列寧陵墓，並將遺體用現代防腐技術製成木乃伊，保存在水晶棺內供民眾瞻仰。

2 《齊瓦哥醫生》的作者，一九五八年的諾貝爾文學獎得主，卻迫於當時的蘇聯輿情而拒絕領獎。

3 俄羅斯白銀時期的名詩人與評論家，一九三三年因寫詩諷刺史達林，次年即遭逮捕和流放，最後慘死在遠東的集中營。

4 蘇聯共產黨第二十次代表大會於一九五六年召開，是蘇聯及蘇共歷史乃至國際共產主義歷史的一個重要轉折點。會議內容主要批判對史達林的個人崇拜，並提出「三和」的新理論，對世界形勢產生了重大的影響。

# 亞特蘭提斯

有時候，在夜裡，我會聽見解除封印的岩石滾動；那是峭壁緩緩崩塌的聲音。我凝聽喀啦碎響，查看錶面，心想，剛又過了一天。每一顆從那裡墜落深淵的石頭都引發一陣土石流，流進海中。新的一天……在這暴風雨的季節裡，每個新的一天，大海都從島嶼獲得一點土石，從這座，以前，不知多少年前，曾經屬於我們的島嶼。

幾個星期前，我回到這裡，距我們的蜜月旅行已十年。你還記得有一個晚上，接近十一點的時候，天邊升起一輪橙色滿月嗎？在那以後，月蝕無光。

縮得多麼小了啊，這座島，不過幾年的光景！踏上來那一刻，我簡直認不出來。在這整個世紀，這兒想必經歷了不少狂風暴雨，側坡才會被沖刷到這種程度，面積才會縮減到這麼小……

我搭上宜人季節的最後一艘船抵達。幫我搬下行李之後，漁夫便急著回到他的輕舟上。我們聽見大塊大塊的土石從峭壁崩落，他並不想在此拖延。重新發動馬達時，他轉身問我希望什麼時候再見到他。您要回來？不必了。食物和生活用品呢？那就冬末時節吧！好，請您那時候再過來。

我占據了我們曾住過的那座莊園。這麼多年來，這裡應該都沒有人再居住過。廊柱上爬滿了藤蔓。島上早已沒有居民，每過一個冬天，島就縮減一些。越過柵門時，我感到曾經是心臟的那個位置一陣絞痛。從莊園望出去，景觀變化好多！以往，每天早晨，六點一到，太陽便在窗邊眨眼。現在，烏雲對峭壁瀉下傾盆大雨，逼山崖交出幾把土石，彷彿天天要向大海繳一份稅。而洶湧海浪沖打島嶼側坡的聲響時時可聞，經常出現，惡劣天候的季節愈深，拍浪頻率愈強。落石細碎的響聲提醒我：島的命運已被判定。不久後，我們的亞特蘭提斯將什麼也不剩。

有時候，當浪潮平息下來，我一心只想與島共存亡；島其實僅剩幾公頃草地外加這幢莊園。它將是我的最後一畝記憶，我心意已決。不瞞你們說，這個想法深深吸引我。你們會說我這是在抒發詩性，但我執意留下，誰也不等了。拜託別來煩我！我已儲備了足夠的燦爛時光，能耐心等候，直到大海處決我那一刻來臨。

你現在在哪裡活？我覺得，很早很早以前，你的記憶邊緣就已出現落石。你的名字彈打在岩石上，暗礁間，在海面上跳躍，掉落在當初那個地方。那些早晨，你喜歡坐在那裡望海，而我則留在房裡寫作。深深的大海淹蓋了我們這座島的主要部分。每次當你遠離我的記憶，海平面上就生成颶風，捲起渦流備戰，來勢洶洶，對準我們搖搖欲墜的幸福，這小小的山丘，小小的土崗，這個家。

載我來這裡的漁夫不會回來的，我很確定。他不會有這個閒工夫。一如在暴風雨的日子裡僅剩一戶人家的東弗里西亞群島，這裡亦有一段回憶牢牢不放。撐不了多久的。如果你稍微更常遠離，再多一、兩次，接下來的每個夜裡，我將會聽見崩塌的岩石一路滾落到海裡。

漁船不會回來。我決心這麼認為。就算它出海巡航，我也會找個地方躲起來，我不知道，或許床下，或許衣櫃裡，好讓人以為我失蹤了；就像我小時候，以為聽見巫婆或幽靈的聲音時那樣。我要在這裡終了，與島嶼同歸於盡。就在這裡，我將埋沒於前身是一座島的萬噸土石之下。

大海不斷湧來吞噬我們，粉碎我們；我寫下這個篇章，只為保存些什麼不受侵害。我觀察到，包圍我們的亞特蘭提斯的潮水一天比一天逼近。漁船不會回來的。十二月已到來。我生命的冬至已近。昨天，莊園的牆上出現好幾隻壁虎。我用墨水塗滿字跡的紙頁誰來拯救？我已經沒有瓶子可擲入大海，瓶中信，這一生我已丟了太多。它會引起哪艘迷航的船關心？累……下一個夜或下二十個夜後，當我倒下，我會聽見打在山壁下方這座屋子上的落石碎響，我將知道，在我的腦海中，蜜月那段回憶將永遠黯淡。化為一個小小的黑點，連我亦即將消失無形。這場暴風雨來臨後的早晨，當我已進入汪洋裡的墳墓，你會聽見新聞廣播一則消息。他們會發出氣象警報，會提到一座島被淹沒，連同島上那一個居民。你會不假思索地挑起眉毛。你的手將遲疑一下，然後搜尋另一個電臺，來點音樂以符合你愉悅的心情。嘿，這臺不錯，鋼琴，薩提的曲。

寫於一九九三年一月

# 世界末日那一天

世界末日那一天，人們都比平常早起一點，因為這一整天會很辛苦，畢竟已是最後一天。尤其是對商家而言。從早上七點開始，店還沒開，就在櫥窗裡到處貼上標語：「怪獸級下殺」或「一件不留大清倉」。不久之後，跟每天一樣，第一批客人蒞臨，趁機多搶一點便宜貨。那一天，一切都開始得十分緩慢，這是盛夏中的普遍情況。氣象預報員們用無所謂的語氣表示當天天候頗為樂觀，各地都是大太陽，開車上路沒問題，傍晚或有零星雷陣雨，高溫是一定的。

世界末日那一天，各家報紙都以平常的版面發行，僅在邊框裡簡短宣布隔天不出刊的消息；但插頁的訂報表格還在，半年份，一年份，都會價，海外價。街上的活動多半無異於平日光景。一大清早，菜農和批發商就把貨送到肉鋪、雜貨店和菜攤上。大家彼此招呼，或互相叫罵。辦公室裡的職員閒聊前一天晚上所發生的事，講起黃金收聽時段那場球賽轉播，以此拉開一天的序幕。他們一面跟同事討論那一記得分，一面走去咖啡機，然後才坐下來辦公。快到中午的時候，他們一小群一小群地分批出來，去露天咖啡座午餐。天氣這麼好，不該錯過這大好時光。

世界末日那一天，咖啡座滿滿是人。有人喝玫瑰紅酒，有人喝咖啡，有人慢慢抽根菸。然後，回辦公室的回辦公室，回店裡的回店裡，一面聊八卦是非：誰誰誰的腳扭傷，某某同事離婚，小孩得了腮腺炎，或是前晚那場球賽。親近熟人互道別離，這下子，倒有那麼一瞬間，他們的眼神中閃過驚慌，額前沁出汗珠，分手之前互相先握了手。

下午三點左右，太陽開始西斜。不知不覺的，陽光不再那麼燦爛，但酷熱不減，相反的，熾熱的風掃過荒涼空曠的大街。在這個特別的日子裡，或許就在這個時辰，人們最常看錶。打開風扇之後，每個人又繼續埋頭工作，解決最緊急的事項，然後整理抽屜，檔案匣，彷彿準備出發度長假。

那天下午，大家大致上都靜靜地不太說話。下班時間提早到四點。快到四點的時候，有人打電話到遠東地區。他撥了好幾個號碼但都沒有人接。那邊應該已經過半夜十二點了。他放下電話，聲音顫抖地說：「日本沒人回應，到處都沒有。」不過沒有人理他。夜，吞噬地球最東方的子午線，這決定性的一夜這次似乎不再獨自向前。在它身後，想必跟著巨大的魔爪，或某種類似的東西，而那玩意兒一定會將所經之處的一切撕爛，搖撼，連根拔起。又過了一會兒，辦公室裡稍遠一點的地方，另一個聲音響起：「馬尼拉沒有回應。」

這時，一位年輕女子站起身，用平常的口吻，說出了大家擔心的話：「我得走了，孩子們還在幼兒園等我。」每個人都跟她道別。她拿起手提包，穿過環帶揹到右肩上，戴上太陽眼鏡。她也跟大家道別，顫抖地對一位較要好的女同事輕輕揮手，然後離去。門砰地一聲關上。不久後，另一名職員衝著眾人宣稱：「我要走了。這裡太熱，我受不了。」

世界末日那一天，從下午過半開始，公共交通設施就出現人潮。人們為搶計程車大打出手，在捷運裡破口大罵。每個人都在趕時間。每個人都有各種事情忙著解決——去圖書館還書，寄出帳單，別忘了還要把家裡打掃乾淨，花園要澆水，撣去家具上的灰塵。地鐵車廂走道上擠滿了人，查票員們夾雜其中，嗅出逃票情況大增。他們的出現讓人人已繃緊的神經更加緊繃：時間不停往前走。許多人想趕在商店關門之前買點東西回去吃晚餐。

那天晚上，露天咖啡座很快就空無一人。各家報紙都出了號外特刊，卻沒人真的花時間去讀。標題大致都一樣。最後這小時的新聞！最後這分鐘的新聞！那天晚上，國家元首出現在電視螢幕上。他發表了一段簡短的談話，感謝人民給予信任，容許他投入勇敢且不可或缺的改革。然後，大家聽完國歌，節目繼續恢復正常播放。但是，世界末日那一晚，其實鮮少有人打開電視機收看。環城道路上很早就出現壅塞，停在原地的斜影逐漸拉長。加油站前的等待隊伍愈來愈多，愈排愈長。很快的，城市周圍的所有主要幹道都變成一條看不見盡頭的車隊，全是救護車和私家車。世界末日那一晚，人們看見許多靈車堵了一長串，後面跟著家屬的車輛，載運那些超前抵達大限的人去埋葬。那些人，整理完住家公寓，關上獨棟小屋的柵門，把鑰匙、小狗和植物託給堅持留到最後一刻的鄰居之後，一心渴望依傳統方式入土，不慌不忙的，讓親人送終。至於那些堅持留到最後一刻的人，在鐘聲敲響二十二點的時候，發現水龍頭已流不出水。儘管事先已接獲通知，他們還是感到一陣驚愕。那天晚上，收垃圾的時間比平常早。垃圾車萬分艱難地在靈車之間殺出一條路，不在二十三點以前趕回停放場不行。

那天晚間，短波節目的忠實聽眾發現他們再也收聽不到德黑蘭電臺，莫斯科電臺，或那些經度地區的任何電臺。打到吉布地的電話也無人接聽；耶路撒冷剛陷入死寂。

二十三點剛過，街燈全部熄滅。有那麼幾分鐘，地方電臺還播放著輕音樂或爵士樂。電視節目與平日一樣，在午夜前就結束，收播後的螢幕顯現一片雪白。於是，在世界末日那一天的最後幾分鐘，幾名孤獨的人倚在陽臺上，凝望了無生氣又燠熱的街道：從墳墓歸來的空靈車一輛輛狂飆駛過，也一樣，急著準時趕回停放場。

寫於一九九七年夏天

綠 書系
住在故事裡 O9

# 三境邊界祕話

Le mystère des Trois Frontières

| | |
|---|---|
| 作者 | 艾力克・菲耶（Éric Faye） |
| 譯者 | 陳太乙 |
| 總編輯 | 莊瑞琳 |
| 封面與內頁繪圖 | 楊鈺琦 |
| 封面設計 | 捌子 |
| 內頁排版 | 宸遠彩藝 |

| | |
|---|---|
| 社長 | 郭重興 |
| 發行人兼出版總監 | 曾大福 |
| 出版 | 衛城出版 |
| 發行 | 遠足文化事業股份有限公司 |
| 地址 | 23141 新北市新店區民權路 108-2 號九樓 |
| 電話 | 02-22181417 |
| 傳真 | 02-86671065 |
| 客服專線 | 0800-221029 |
| 法律顧問 | 華洋法律事務所 蘇文生律師 |
| 印刷 | 盈昌印刷有限公司 |
| 初版 | 2016 年 9 月 21 日 |
| 定價 | 320 元 |



填寫本書線上回函

三境邊界祕話 / 艾力克.菲耶(Eric Faye)作；陳太乙譯.
– 初版. – 新北市：衛城出版：遠足文化發行, 2016.09
面； 公分. –（綠書系；9）
譯自：Le mystère des trois frontières

ISBN 978-986-92113-5-2（平裝）

876.57 105002902



ACRO POLIS 衛城出版
Email acropolis@bookrep.com.tw
Blog www.acropolis.pixnet.net/blog
Facebook www.facebook.com/acropolispublish

● 親愛的讀者你好，非常感謝你購買衛城出版品。
我們非常需要你的意見，請於回函中告訴我們你對此書的意見，
我們會針對你的意見加強改進。

若不方便郵寄回函，歡迎傳真回函給我們。傳真電話 —— 02-2218-1142

或上網搜尋「衛城出版 FACEBOOK」
http://www.facebook.com/acropolispublish

---

## ● 讀者資料

你的性別是 □ 男性 □ 女性 □ 其他

你的職業是 ________________ 你的最高學歷是 ________________

年齡 □ 20 歲以下 □ 21-30 歲 □ 31-40 歲 □ 41-50 歲 □ 51-60 歲 □ 61 歲以上

若你願意留下 e-mail，我們將優先寄送 ________________ 衛城出版相關活動訊息與優惠活動

---

## ● 購書資料

● 請問你是從哪裡得知本書出版訊息？（可複選）
□ 實體書店 □ 網路書店 □ 報紙 □ 電視 □ 網路 □ 廣播 □ 雜誌 □ 朋友介紹
□ 參加講座活動 □ 其他 ________

● 是在哪裡購買的呢？（單選）
□ 實體連鎖書店 □ 網路書店 □ 獨立書店 □ 傳統書店 □ 團購 □ 其他 ________

● 讓你燃起購買慾的主要原因是？（可複選）
□ 對此類主題感興趣 □ 參加講座後，覺得好像不賴
□ 覺得書籍設計好美，看起來好有質感！ □ 價格優惠吸引我
□ 議題好熱，好像很多人都在看，我也想知道裡面在寫什麼 □ 其實我沒有買書啦！這是送（借）的
□ 其他 ________

● 如果你覺得這本書還不錯，那它的優點是？（可複選）
□ 內容主題具參考價值 □ 文筆流暢 □ 書籍整體設計優美 □ 價格實在 □ 其他 ________

● 如果你覺得這本書讓你好失望，請務必告訴我們它的缺點（可複選）
□ 內容與想像中不符 □ 文筆不流暢 □ 印刷品質差 □ 版面設計影響閱讀 □ 價格偏高 □ 其他 ________

● 大都經由哪些管道得到書籍出版訊息？（可複選）
□ 實體書店 □ 網路書店 □ 報紙 □ 電視 □ 網路 □ 廣播 □ 親友介紹 □ 圖書館 □ 其他 ________

● 習慣購書的地方是？（可複選）
□ 實體連鎖書店 □ 網路書店 □ 獨立書店 □ 傳統書店 □ 學校團購 □ 其他 ________

● 如果你發現書中錯字或是內文有任何需要改進之處，請不吝給我們指教，我們將於再版時更正錯誤

| 廣 | 告 | 回 | 信 |
| --- | --- | --- | --- |
| 臺灣北區郵政管理局登記證 | | | |
| 第 1 4 4 3 7 號 | | | |

請直接投郵•郵資由本公司支付

23141
新北市新店區民權路108-4號8樓

**衛城出版** 收

● 請沿虛線對折裝訂後寄回，謝謝！

ACRO POLIS 衛城出版

綠書系
住在故事裡

請沿虛線剪下

ACRO
POLIS
衛城
出版